U0947210

尘埃里的花

芜名 著

南方出版传媒
花 城 出 版 社
中国·广州

图书在版编目（CIP）数据

尘埃里的花 / 芜名著. -- 广州 : 花城出版社, 2016.5
ISBN 978-7-5360-7901-4

Ⅰ. ①尘… Ⅱ. ①芜… Ⅲ. ①中篇小说—中国—当代 Ⅳ. ①I247.5

中国版本图书馆CIP数据核字(2016)第064481号

出 版 人：詹秀敏
责任编辑：杜小烨　李珊珊
技术编辑：薛伟民　凌春梅
封面设计：刘红刚
封面绘画：何　继

书　　名 尘埃里的花
CHEN AI LI DE HUA
出版发行 花城出版社
（广州市环市东路水荫路 11 号）
经　　销 全国新华书店
印　　刷 佛山市浩文彩色印刷有限公司印刷
（佛山市南海区狮山科技工业园 A 区）
开　　本 880 毫米×1230 毫米　32 开
印　　张 4.75　1 插页
字　　数 80,000 字
版　　次 2016 年 5 月第 1 版　2016 年 5 月第 1 次印刷
定　　价 18.00 元

如发现印装质量问题，请直接与印刷厂联系调换。
购书热线：020－37604658　37602954
花城出版社网站：http://www.fcph.com.cn

坚持文学梦，笔底必生花

——芜名小说序

蒋述卓

进入21世纪，小说的世界与现实的世界一样精彩纷呈。在经历过20世纪90年代以来先锋小说的喧哗与骚动之后，N驾文学的马车在奋起前行。尤其在网络的世界里，文学扯起了若干张虚构的旗帜，在现实与虚构的世界里“穿”来“穿”去，一时“悬疑”，一时“耽美”，眼花缭乱。在网络电视剧中就更是古装戏出尽风头，“琅琊”“芈月”吸引无数观众穷追不舍。

这真是一个“乱花渐欲迷人眼”的文学艺术世界！

就在这个世界里，我的同学芜名赶着她的轻巧的文学马车出场了。

过去，我只知道芜名大学毕业后当了电台的记者，后来知道她终于“下海”，成了个商人。或许出身中文的缘故吧，她一直是一手经商一手还在作文，始终未放弃她的文学梦想，也正是在她的坚持下，如今的她感到越写越顺手，也越来越自信了，终于出版了自己的第一本中篇小说《尘埃里的花》。

前几日，碰上一朋友，他原来也是喜欢写诗作文的，但最近却偃旗息鼓了。问起原因，他说如今是现实比小说更精彩，还需要作家们去写吗？我说，老兄此言差矣！现代主义作家们生活在荒诞的世界里，也还要揭示世界的荒诞，给人以希望。卡夫卡的绝望不是给人以断念，而是给人以启示，这便是现代主义作家的价值。存在主义作家们就更是直指世界与人性的本质，唤起人们对美好世界与人性的追求与希冀。更何况文学是真假参半，真幻统一，虚构永远还是作家艺术家表达生活的手段哩。

也正是从这一角度看文学，我觉得芜名的小说虽来自于她的生活经历，但绝非是生活的照搬，她笔下的人物或许有原型，但却都有加工；她遇上的生活或许比小说更精彩，但她有选择。在她用文学之笔去表现时，她却坚持一种美好必战胜邪恶的信念。这也是她将小说取名为《尘埃里的花》的寓意吧。或许你觉得她笔下的县长太过于清官的模式了吧，但这却也是现实，官场中有好有坏，岂能全部抹黑哩？或许你觉得她小说的结局里没有惩罚那个作怪的股长是一种助长腐败，但这可能正是她对人性未抱彻底失望的理想，她希望社会风气的好转、制度的健全、人性的美好必将唤醒那些人性尚未泯灭的人迷途知返。更何况在如今的反腐风暴中那些腐败的股长们能够幸免吗？

世界永远是丑恶与美好并存的，但美的东西总是能随着社会进步的步伐变得更有魅力的。芜名的文学之梦开出的这朵小花，也会为文学花园添上一抹美丽的色彩。我希望她能坚持下去，写出更美更好的文字，圆好这个文学梦。

2016 年初广州也有下雪时

一

2014 年 12 月的一天，已经是凌晨一点多了，广西坪县泰安房地产开发有限公司的办公室还灯火通明。

广西的坪县是一座有 2000 多年历史的古城，几条青石板路，从曲曲折折小巷，蜿蜒伸向一条老街，老街两边都是古老的骑楼。骑楼老街是坪县过去最繁华的街道，过去市民、周围村镇的乡民都来老街赶集，买卖东西。他们还要沿着老街的青石板走到江边的码头，从那过船渡去柳州，去南宁，或者在码头上船去梧州，去广州。如今骑楼已经斑驳破旧，骑楼里面的商铺黑洞洞的，只摆放着一些二手电器、二手家具，偶尔来一个客户，店主才会从更加黑暗的角落躺椅上懒洋洋地起来，和他讨价还价。骑楼残破的砖柱边角上，还会看见一两个还穿着 20 世纪 80 年代衣服的老人，架着一个小铁锅，用湿面粉裹着番薯切成的小丁块，油炸番薯饼子。如今银行、电影院、超市、新华书店都从老街里搬了出来，它们都搬到了人民路的大街上。那里有坪县最大的广场，早上、傍晚都有上千大妈在那跳广场舞。还有一些小摊主用塑料长城围成一个圆圈，里面放满沙子，一些少妇带着孩子在圈子里面玩沙子。广场内还有一些下岗的男男女女铺开一张张小草席，让人睡在席上，他们就在席上帮人按摩，挣几餐菜钱。人民路更多的是时尚、繁华、热闹，它耸立着最新的百货商场，商场有四层楼高，每层都装上变频的手扶电梯。这商场和广州、上海等大都市一样绚丽、明亮，也是一楼卖化妆品，二楼卖女装，三楼卖皮革和男装，四楼是一家超大的儿童电子游戏乐园。在商场旁边、对面，有银行、四五家县城最大的超市，还有 IMAX 的 3D 影院。坪县的新华书店，也在人民路上，带手扶电梯的。泰安房地产公司开发的商住大厦——新泰大厦，左边是坪县广场，右边就是 IMAX3D 影院，正对面就是那家坪县最大的百货商场。新泰大厦地处坪县黄金地段，现在正在销售中。

泰安公司在坪县很有名气，当地人都叫它美女公司。那是因为这家公司从董事长到下面的每一个员工，都是女人。董事长王虹，别人都叫她王姐，她年纪比较大，60 多岁，广州人，长年不在公司，公司业务全部由总经理刘莉管理。刘莉三十七八岁，美貌，白皙，知性。她像一株散发着淡淡香味的玉兰花，含蓄而又美丽，知性又不卖弄，别人和她交谈常常被她那温文尔雅，深入浅出的解说打动，为了说服对手她还会编出各种各样让你听后自然舒服的故事，让你在不知不觉中同意了她的观点。另外，刘莉还是一个十分注意细节的管理者，她常常对下属说："大事都是由一件件小事组成，做好每一件小事，才能做成一件大事。"刘莉最令人称赞的地方还不止是她的美丽，她的儒雅，而是她的胆色和魄力。5 年前有朋友介绍她与公司女董事长王虹认识，王虹感觉自己和刘莉有眼缘，就当即邀请她一起去坪县投资房地产，刘莉二话没说，就把自己的全部身家 500 万放了进来，与王虹各占公司 50% 股份。当然刘莉是有眼光的，5 年之后这 500 万已经增值 10 倍，而且王虹见刘莉不藏奸诈，办事稳妥，拿捏分寸恰当，也就十分放心把公司都交给刘莉管理。最让王虹放心的是刘莉还带出了一个让她放心的团队。刘莉手下有一帮女干将，她们一个个如花似玉，美艳欲滴。特别是刘莉的销售经理张艳艳，那更是一个女神级的尤物。张艳艳今年 28 岁左右，大学毕业 6 年，男朋友谈了好几个了，就是不满意，如今还是不停地拍散拖，没有固定的男朋友。好几个富二代、官二代追她，她也没正眼看人家一眼，她说这些人靠的是爹妈，没力度，镇不住自己。如果说刘莉是一朵玉兰花，那张艳艳就是一朵刚刚盛开的粉色玫瑰。她艳而不俗，绚而不媚，就是遇上眼光极为挑剔的男人，也会被她那平淡中含有贵气，华丽中又散发出淡淡清新的气质折服。张艳艳除了外表美丽，工作能力也极强，她的业绩不仅在自己的公司年年稳居第一，就是在坪县地产界也大名鼎鼎，她创造了好几次县地产界的销售纪录，她的销售提成每年总有 15 万、16 万元。这数字在北上广一类城市可能不算什么，但是它们在坪县这样的五类城市地产界就是一件广被传说的大事情了。现在泰安公司开盘的是新泰大厦，这大厦位处坪县最大的广场旁边，是坪县的黄金地段。新泰大厦一栋 30 层的商住一体楼宇，其中商场三层，共 6000 平方米，住宅 27 层，共 5 万多平方米，大厦还有负三层地下室。但是，今年房地产生意不好做，新泰大厦尽管地处黄金地段，房子也是难卖。这不，张艳艳再也没有以往的业绩，如今已经过去两个月了，她领导的销售部还卖不出一套房子，60 天的零销售把刘莉、张艳艳急得像热锅上的蚂蚁，都不知该怎么办好。可是就在这个走投无路的时候，上帝突然又给她们开了一扇窗，县中移动公司居然看中了她们公司的商铺，并且，一单就是 1000 多万，这让刘莉、张艳艳又笑逐颜开了。当然，眼下这单县移动公司的生意是经过艰难的谈判，个中的辛苦到了呕心沥血程度。好在总算谈成了。目前移动公司在坪县只有两间大营业厅，其余的都是承包给个人经营。而这两家营业厅当中有一家要在来年的11月合同到期，他们特别希望尽快买下新的营业厅，尽快装修。加上移动公司年底还剩下一些购买固定资产的指标，所以他们也在催促泰安美女地产公司尽快完成这桩买卖。更着急的是刘莉和张艳艳她们，她们计算着几笔贷款，就在这两三个月里陆陆续续到期，她们更希望完成买卖，好让卖商铺的货款，填上贷款的窟窿。买卖房产可不像买卖其他物品那么简单，每一房产要填6份50多页的合同，4间商铺就要填写24份合同，总经理刘莉还带领着公司几个年轻骨干在修改几份销售合同。墙上的时钟当当地敲了两下，两点了，刘莉、张艳艳她们几个美女总算把移动公司的最后一份合同填写完毕。此时此刻，她们激动了起来，拿起几份写错了的合同，你扔向我，我扔向你，瞬间，整个办公室地面铺满了白色纸片。一阵疯狂过后，她们一起冲出外面吃消夜了。

第二天清早8点，刘莉还正点在打卡机上按手指印。几年了她都是正点上班，从不迟到。昨晚消夜完已经3点多了，但是每天定时7：15闹钟一响，她赶紧起床。刘莉心里太清楚了，公司所有员工都知道她的处事风格，每天有每天的工作量，不能因为昨日晚下班，减少今日的安排。在她的示范下，公司所有的美女们也自然如此。这不，紧跟着刘莉后面的张艳艳和公司其他美女们鱼贯而入了。

刘莉看见张艳艳就说："你什么时候把合同送移动公司？"

张艳艳立刻答道："马上，他们8点30分上班，我8点30分准时到移动，让他们一上班就拿到合同。我一分钟都不会耽误。"说完，张艳艳拿起那一叠合同出门了。

看着张艳艳离开的背影，刘莉回到自己的办公室，她回想着为了这单移动公司生意付出的种种艰辛。移动公司办事也是讲实效的，一开始就是公司的王总经理带着助手来谈，并不是像其他国企，或者那种政府事业单位那样的官老爷作风，先让下面的人来接触，然后一级级往上走。王总经理一来就提出三个问题：一，他们移动公司很想在这个位置买铺位，但必须找到有降价权的人谈；二，要最西面连成一片，共200平方米的铺面，不买中间铺面；三，这单生意移动公司任何领导不接受一分一厘的行贿，不要想通过行贿提高价格，必须阳光交易。因为新泰大厦已经把最西面30平方米铺位卖了出去，要做成移动公司这单生意，必须把卖出去的30平方米商铺买回来，与旁边的170平方米铺位连成一起，变成新泰大厦最西边，两面光，成L折角200平方米的大铺位。这样移动公司买下之后，招牌广告位置就是L形的，远远都可以看见。因为事情复杂，陈艳艳一面一口答应移动公司，一面赶紧向刘莉汇报，想方设法把这单生意做成。

但是，刘莉她们怎么也没有想到，她们竟然遇到了一场战争，原来的客户不肯出让，给他多少钱都不肯出让这30平方米的铺位！

原来购买铺位的客户是一家三口，男主人名叫莫远道，今年50岁，是一家不锈钢店的店主。女主人叫薛芳，是家庭主妇，他们的儿子叫莫明，是个90后，刚刚大学毕业，那30平方米的商铺就是莫远道、薛芳夫妇两年前给儿子莫明买下来的。当时新泰大厦还只是一张图纸，莫远道就带着一家三口，来到泰安房地产公司交了15万元订金。一年以后新泰大厦拿到预售证，莫远道一家人又陆陆续续一共交了106万元。莫远道做的是小本生意，还要供儿子上大学，凑这商铺的首付款很艰难。他们自己只有50多万元，又问亲戚朋友借了50多万元，才把这笔款凑齐的。当时莫远道的老婆很不愿意背负这么多债务买这商铺，但是莫远道非要买，还买得诡异，一间商铺本来60平方米，他只买一半，还要买L形折角，两面光的那一半。当时这商铺也是张艳艳经手的，刘莉见莫远道买得刁钻，不想卖给他的。但是，莫远道绕来绕去，居然绕出了和张艳艳的妈妈是远房的表姨亲，莫远道找张艳艳的妈妈来说情。小县城就是这样，毫不相干的两个人，绕来绕去，也能绕出个亲戚朋友来。刘莉心一软，就批了这单生意。如今刘莉、张艳艳想从莫远道一家人手中买回那半边商铺，公司会议室监控详细记录了这一过程。

第二天早上9点，莫远道就领着他们一家三口，老婆、儿子都来到了泰安房地产公司。莫远道长得瘦瘦小小，眼睛咕噜咕噜不停地转着，一看就是个精明的生意人。看到他们一家人来了，刘莉、张艳艳都赶紧出来，把莫远道一家人迎进了公司的小会议室，热情接待。刘莉："哎呀，艳艳大表舅、大表嫂，大表弟都来啦，艳艳，快去沏茶，到我房间拿最好的乌龙茶。"

一番寒暄过后，莫远道就小心翼翼地向笑盈盈的刘莉问："刘总，听说你们要买回我们那半间铺面？"

刘莉马上回答："哎，是有这个想法，但也要征得你们同意。"

听到刘莉这么一说，莫远道的老婆薛芳立即从凳子上蹿了起来，激动地大喊："不同意，不同意，我们不卖！"

薛芳的喊声把大家都吓了一跳，空气顿时僵住了，会议室里一片寂静。

刘莉见状赶紧朝张艳艳使了个眼色，张艳艳马上走到薛芳旁边，扶她坐了下来，然后亲切地说："大表舅妈您别急，你们不同意，我们是买不了的。但是大表舅妈，当初您不是不同意买商铺的吗？嫌借的钱多了，负的债大吗？”

薛芳又激动起来：“当初是当初，现在是现在。当初我是不同意买，现在我就是不同意卖了，怎么的?!”

薛芳的激动，莫远道一直看在眼里，他就是一声不吭。儿子莫明耐不住，也开起了口：“对，我们一家人商量过了，我们不卖!”

买这半间商铺，莫远道一家可以说从吵闹，到了空前的一致。

买了这家商铺之后，薛芳发现所有的亲戚朋友都说他们家有眼光，都说他们夫妻俩以后可以靠这间商铺养老，还说他们的儿子也可以靠这商铺找到一个好媳妇。从那以后，薛芳觉得生活有奔头了，更有底气了，就是每天在幼儿园里和其他幼师讨论问题，说话也大声了许多，主意也多了许多。

莫远道的儿子莫明变化更加真切，以前他总是觉得父亲不会发微信，不会用余额宝，觉得父亲落伍了。父亲现在还能挣点钱，全是因为他小心谨慎，薄利多销。莫明还暗暗发誓他毕业以后，要用互联网+的概念把生意做大做强，梦想自己有一天成为世界500强的CEO。但是自从买了这半间商铺之后，莫明真心发现自己错了，他们买了商铺只有一年，商铺的价值就升了一倍，他佩服父亲的胆量，佩服父亲的眼光。从那以后，莫明在家里待得时间长了，也喜欢对父亲说学校的事情，说同学的事情。

莫远道买了商铺之后他更是万分的喜悦，认为是自己50多年人生中做得最成功的一单生意。为了证实自己的想法，他还请了个风水先生来测评商铺的未来。谁知这风水先生一到就力赞他有眼光，说："好，好，好，这铺子买得好！首先这大厦的位置好，它左有青龙，右有白虎，前有朱雀，后有玄武，这是风水之王的宝地。"风水先生见莫远道一脸的疑惑，又唾沫横飞地解说，"青龙、白虎，就是青龙白虎，朱雀是火红色的大鸟，玄武指黑色的大龟，它们是四方之神灵，又是天神护卫，风水学中这四神灵俱全是很少，我今年70岁了，看见青龙、白虎、朱雀、玄武全占的宅院、商铺加起来不超过5起，这大厦里的铺面以后会给你家人带来福、碌、寿，人生中的美事都占齐了，太好了。而且这四种动物在风水里面又代表春、夏、秋、冬四季，意思是一年四季除妖镇宅，兴旺发达。还有，这新泰大厦位置好，你这铺面的位置更好，它是间百分百的旺铺。这铺买得好，买得太好了。"说完这风水先生还连连朝莫远道伸出大拇指。得到风水先生极力赞扬，莫远道心里暖洋洋的，但是他又是一个头脑十分清醒的生意人，他此时此刻告诫自己要更加小心谨慎，戒骄戒躁。以前他沉默寡言，现在话语更加少了。他看见老婆薛芳经常带亲戚朋友看自己买的那间商铺，就不高兴，好像每看一次，铺子就少一点面积。有一天，他看见薛芳又兴高采烈地回来，就知道她一定又带人去看自己那间商铺了。莫远道很生气，他说："你别老带人去看那铺位，你以为你挣了钱，大家都替你高兴？人家恨死你，因为他没有挣钱，你挣到钱了。你以后想自己好过，我们家人好过，你就不要再带人去看那间商铺了，更不要对其他人说我们买了多少钱，现在升值超过一倍的这类鬼话。"

莫远道说话的时候正好儿子莫明也在家里，他听到父亲这么说也在帮腔："妈，爸说得对，你以后别再带人去看咱们家那间商铺了，我们挣了钱，人家会嫉恨的，一旦遭别人嫉恨，就再也没有人来帮咱们家人，一旦我们有难处，人家可能就会落井下石。妈，我们还是低调点好。"

听到儿子这一番话，莫远道心花怒放，觉得自己儿子成熟了，会想事了。不过他还是没有在嘴里夸耀儿子，只是朝儿子轻轻地点了点头。

薛芳开始很不服气，可见老公、儿子都这么说也就不吭声了，不过从那以后薛芳就很少再带人去看自己那间引以为傲的商铺了。但是亲戚朋友都知道她家里做了一笔很合算的买卖，买了间超价值的铺子，如今他们遇到投资的问题，都会咨询薛芳，薛芳自然也会给他们讲解自己的看法。前两天她突然听老公莫远道说，房地产公司想买回这间商铺，她顿时就叫了起来："不卖，不卖，坚决不卖!"现在看见刘莉、张艳艳她们难怪她激动万分。

张艳艳很失望，她眼睛里充满了求助，殷切地望着莫远道说："我们刘总说了，我们在金钱上尽量满足你们的要求，赔偿你们的损失。"看到这种情况，莫远道不得不开腔："表外甥，不是我们不想帮你，是我们真的不想卖这铺子。"

他们的儿子莫明也在帮腔："对，我们不卖。今天我们全家人来，就是特地来告诉你们，我们不卖铺位，你们死了心吧。"

莫远道一家人斩钉截铁的态度，把刘莉、张艳艳的心堵得死死的，但是她们一定要把莫远道一家人的商铺买回来，一定要和移动公司做成这单生意，不然她们哪有钱还银行的贷款？只见刘莉对着张艳艳的耳朵小声地说了几句，张艳艳一边听，一边点着头，然后张艳艳立即走到一边打电话，十分钟过后张艳艳的妈妈来到了泰安公司。

张艳艳的妈妈像是个道行中人，说起话来很有内涵。她说：“阿道，你上次来找我，说是我表弟，我就知道这‘表弟’是种说法。但是我信佛，阿弥陀佛，要多做好事。艳艳说公司不愿意卖这间商铺，我说她了，世上卖是为了买，买也是为了卖，周而复始。这铺位，人家追着你买，多好的事呀，挣了钱，还满足人家的心愿，是买卖人的最高境界。人生中达到最高境界不多的，我要艳艳尽量说服公司，成全你。结果艳艳公司真的遂了你的心愿，把铺位卖给了你。阿道，你能不能反过来也这样想，把铺位卖回给艳艳公司，帮艳艳一把，帮她们公司一把？况且她们还要和你商量，赔偿你损失，这也是件多好的事呀？”

听了艳艳妈一席说话，刘莉心里暗暗喝彩，老太太真有水平，让刘莉又看到了一点点希望。

“大表姐，我是想逐她们心愿，也帮她们一把。可是真的不想卖，我真的喜欢这铺位，我们全家人都喜欢这铺位，我要卖了，不瞒你说，我们全家人心都会滴血。这铺位是我们又一个孩子，它和我们心血相融。”莫远道也真真切切地解释。

薛芳却不耐烦了，她大声说道：“啰啰嗦嗦，不卖，不卖，回家！”说罢，她一手拽着老公莫远道，一手拽着儿子莫明，快步走出公司，消失了。

张艳艳的妈妈摇摇头，也接着走了。

二

莫远道一家走了，张艳艳的妈妈也走了，看着空空如也的办公室，刘莉、张艳艳失落到了极点。之后刘莉和张艳艳耐着性子和莫远道一家人又接触了几次，但是他们始终就是两个字：“不卖!”张艳艳气极了，也后悔极了，她总是唠唠叨叨在骂自己：“我干吗卖给他们呀，我这不是在害自己，更害公司吗?”

刘莉也后悔，也在生气，她每天皱着眉头，不停地在办公室里来回踱步。忽然，刘莉看到窗外的桃树爆出了点点滴滴粉色、褚红的花蕾，在枝上整整齐齐排列着。刘莉不禁自言自语：“过两三天桃花开放，窗户外就会一片姹紫嫣红，春天来了。”说着，说着，刘莉眼光被一枝桃树的枝丫牢牢吸住，只见它从桃树的下枝干倔强地伸了出来，伸向了东边，伸向了太阳照耀的地方。顿时，刘莉的神经被闪电般挑动，一个想法在她脑海蹿了出来：“我也伸展出来，增加一间商铺，增加一间商铺!”于是她立即冲向电话旁边，拿起电话，拨了张艳艳的分机号，“有办法了，有办法了，快拿大厦一楼的平面图过来！”

张艳艳瞬间拿着图纸来到刘莉的办公室，刘莉一把抢过图纸，在上面刷刷刷地画了起来。很快，刘莉就在大厦一楼正中间的出口处画多一间小商铺出来。看着刘莉画出的图纸，张艳艳眼睛顿时光芒万丈，她抱起刘莉大叫：“我们有救了，我们有救了，我马上去找莫远道家人说，我们和他们对调一间商铺。”刘莉却立即拦住了张艳艳，说：“别激动，离真正买回商铺还远着呢，我们现在商量怎么和他们说，还要给出什么条件。”刘莉的话让张艳艳马上平静起来，她立刻坐了下来，认认真真再次看着刘莉画的图纸。看了一阵子后，张艳艳问刘莉：“刘总，莫远道一家如果肯调商铺，也肯定要我们补偿金，我们说给他们多少？”

刘莉说：“我也在想这个问题，这样我们先说60万，这个数比一般的高利贷都高了，如果再不肯……”刘莉停了一下，她又用手指在桌上写了一个数字，张艳艳点了点头，刘莉又补充了一句：“这是底线了，不能超过这个数。”

“好”，张艳艳答应了，但是她那张美丽、精致的脸庞却严肃了许多。

已经凌晨1点了，张艳艳还在床上辗转不能入睡，她要想出一个万无一失的方法，让莫远道一家人接受换铺位的方案。

两天以后，张艳艳的妈妈在坪县唯一一家五星级酒店，请莫远道和他老婆薛芳喝早茶。

这里的早茶很有市井味，餐厅里挤挤攘攘，热闹非凡。穿着传统中式衣服的茶博士来回奔跑着给食客装茶倒水，过道上女服务员推着装满热气腾腾点心的小推车鱼贯来回。来喝早茶的有谈生意的老板，朋友同学小聚，还有周围村镇上挣了点钱的男人带着一家人来打牙祭。这些人最扎眼，男人带着村里的老婆，和三四个孩子围坐一桌，男人上身一件廉价簇新的西装，下身一条别色便宜化纤布料裤子，用粗大的嗓门吆喝推小车子的服务员拿烧卖、拿凤爪、拿肠粉；这男人老婆拘谨呆板，也是一件簇新的上衣，粉红色，就是有点短；他们的孩子倒是都撒着欢，他们叫喊着、打闹着，在过道上跑来跑去。

张艳艳妈妈他们的桌子在餐厅最里面的角落里，这里倒是比较安静。

“大表姐，我知道你叫我们来喝早茶的用意，肯定是又劝说我们卖商铺。大表姐，吃东西之前我先声明，商铺我是不卖的，如果你还让我坐下去，我就留下，不然我和我老公马上走人。”薛芳刚刚坐定下来，就对张艳艳的妈妈表示自己的态度。

张艳艳妈妈很淡定地摆摆手，说："我知道你们不愿卖铺，我今天根本不是劝你们卖铺，是告诉你们，有人给你们送钱了。"

一听说有人给他们送钱，莫远道的眼睛马上发出光芒，急忙问："谁给我们送钱呀，在哪呢？"

张艳艳妈妈微笑着往餐厅门口的方向一指："呐，就是她给你们送钱。"只见这时张艳艳早已从门口走了进来，很快来到她妈妈的餐桌前。

看见是张艳艳，薛芳马上变脸，她用手指着张艳艳妈妈说："你骗我们！"

张艳艳一把按住薛芳，微笑地说："表舅母，我妈没有骗你，我真的给你们送钱来了，你听我慢慢给你们说。"说着张艳艳打开手中的图纸，对莫远道夫妇说："你们看这图纸，我们现在有了新方案，和你们调一间商铺，调到大厦大门旁边地方，你们商铺还是 L 形折角，只不过换到大门口地方。除此之外，公司还补一笔赔偿金给你们，看看现在多好，商铺有了，还多了一笔赔偿金。"说罢，张艳艳把图纸递给了莫远道。

莫远道没有吭声，但他接过了图纸，并仔细研究新铺位的位置，好一会后，他抬起头对张艳艳说："图纸让我带回家，我们考虑一下再答复你。"

第二天一早，莫远道和上次帮他看铺的风水先生又来到新泰大厦，莫远道打开图纸对风水先生讲了房产公司希望他调换铺位的事情，并且在图纸上指出新商铺的位置。风水先生默默地听讲，他等莫远道讲完后就从随身带的又旧又破布袋里拿出一个罗盘，东南西北认认真真量了好几次，然后又要莫远道带着他围着大厦走了两圈，又从一楼上到大厦三楼，完了之后他才笑着对莫远道说："中彩了！你了不得，一次中彩，二次再中头彩，这商铺位置比原来的更好，是全大厦最旺的商铺。以前的商铺位置也好，但是它裸露在外，容易受伤，这道理就像一个人骑摩托车，和开汽车一样，而新商铺在大厦门口，有大厦保护着，有依靠。"说到这里风水先生走到新商铺的位置继续说，"你看这是大厦最大的门口，你的新商铺就在这里，大厦的一层、二层、三层都要从这新商铺门口经过，这就是说整栋大厦的金银财宝都要经过你的手，才能流得进去，你是第一关口，你能不旺吗?"听到风水先生这么说莫远道也笑了。但是，他还是不放心，后面又分别找了两个风水先生来看这新商铺，这两人的说法和前面的相似，都说新泰大厦的位置好，新商铺又是大厦里最好的商铺。经过这么几次捣鼓，莫远道才有了新主意。

当天夜里，莫远道把老婆薛芳，儿子莫明都招来开家庭会议。他把几次请风水先生测算新商铺的结果对老婆和儿子讲了，最后他说："这商铺可以调换，这是件对我们家有利的事情，我们可以通过这次调换大赚一笔。"一听说新商铺是大厦里最好的旺铺，又可以大赚一笔，薛芳和莫明都高兴得合不拢嘴。

这一晚他们一家三口都做了个好梦，都睡了个好觉。

莫远道的家是一栋占地 120 平方米，三层半高的小楼。这种连排和隔壁并列小楼住家，在坪县属于中上人家水平。莫远道把这 120 平方米，割出一半建房，一半建了个小花园。房子一楼是客厅、厨房和楼梯间，二楼、三楼都是一房一厅，他们夫妇俩住二楼，儿子自己住三楼，最高那半层全是露台。昨天晚上他睡得好，一觉到天亮，这会他起床好些时间了，现在正在花园里伺候那些茶花。莫远道很喜欢花，特别喜欢茶花，他在自己花园里种了各式各样的茶花，有红色、粉色、白色、还有黄色，现在正是茶花开花的季节，花园里一片姹紫嫣红，五彩缤纷，美极了。在这些美丽的茶花当中，要数那株黄色的山茶花最名贵。那是三年前朋友送给他的，现在这株黄色山茶花在他的精心培育下，朵朵花簇又大又肥，尽情开放，娇艳欲滴。他看着这些花，内心就会安宁、舒展，充满了美好的遐想。

"是好看，别忙了，吃粽子，喝粥吧。"不知什么时候薛芳来到了他身边，她在一边欣赏老公培育的茶花，一边叫丈夫吃早餐。

"儿子呢，起床啦?"莫远道头也没有抬起来地问了一句。

"起来了，等你呢。"薛芳回答道。

听到儿子也起来了，莫远道这才弯起腰了，走到水龙头下，不紧不慢地洗手，准备吃早餐。

一家人刚刚吃完早餐，正准备离席，突然莫远道的手机响了起来，莫远道一看是张艳艳打来的，他立即把食指放到嘴唇上，做了个让大家不要说话的手势后，才去接电话。"艳艳呀，什么事呀?……噢，你问那换铺的事呀，我们还没想好呢，等想好了再给你电话。"

听到他这么回答，薛芳和莫明都目惊口呆，薛芳忙问："我们不是决定了要换铺位吗?"

莫远道瞪了老婆后，小声嚎了一句："我傻呀，这么早答应她，是她急，还是我急呀?要她急到尿裤子之时，我们再说肯换的事情，才可以拿到高额赔偿。"说完这句，他又手指着老婆和儿子说，"你们都给我听好了，这事怎么做?都要听我的，不许透露半点信息出去，知道吗?"

薛芳、莫明齐声回答："知道了。"

之后两天张艳艳还是不停地追问，莫远道还是说："在考虑。"

到了第四天，莫远道那边还是没有消息，眼看着还贷款的日子一天天在逼近，刘莉、张艳艳急得像热锅上的蚂蚁，在公司里团团转，实在等不下去了，这天下午刘莉对张艳艳说："你去他家里堵他，当面问他想法。"

张艳艳立刻跑到莫远道家里，刚好遇到他准备出门。张艳艳急忙忙，还得微笑地问："大表舅，这么多天了，你们还没考虑好换铺的事吗？"

莫远道这才告诉张艳艳："考虑好了，我们同意换，但是怎么换？还没考虑好。"

一听到这一句，张艳艳飞奔回公司，把消息告诉刘莉，刘莉和张艳艳激动得抱了起来狂跳。狂欢了一阵子后，张艳艳才想起问："刘总，莫远道要是漫天要价怎么办？"

刘莉也平静了许多，她想了想说："总会有办法的，你看他们开始斩钉截铁地不肯，现在不也同意换了吗？"说完这句话的时候，刘莉眼里透出无比坚定的光芒。这么多年刘莉在艰难时，眼里总是会发出这种光芒。

张艳艳也被激励着，她两手紧攥成拳头，朝刘莉坚定地点了点头。

又过了两天，张艳艳才又找到莫远道谈换铺位的补偿条件，但是莫远道一开口就把张艳艳吓一大跳。第一，补偿150万；第二，补给的新铺位面积一平方都不能少；第三，旧铺向大街开口只有3.5米，新铺一定要达到4.5米。张艳艳把莫远道的要求向刘莉汇报了，刘莉一听气得咬牙切齿，太狠了，刘莉她们根本没有办法和莫远道沟通。

这些天，刘莉白天、晚上都在想换铺位的事，怎样才能让莫远道降低条件，做成这单生意？刘莉把莫远道的条件都整整齐齐地排列在纸上，反反复复研究，认认真真比较。她觉得第二条，新铺的面积和旧铺的面积等同，这可以做得到，刘莉就在纸上画掉这一条。第三条，新铺临大街开口要有4.5米，这也可以做到，刘莉又在纸上画掉一条。现在就剩下第一条150万，这太过分了，完全没有交谈的空间，如今已经僵了几天了，怎么办？刘莉想来想去，还得迫着自己和莫远道谈判，谈总比不谈好。想到这里，刘莉又把张艳艳叫到自己的办公室。

刘莉自己没有办法，只好先询问："艳艳，事情到这一步怎么办，你想过了没有？"

张艳艳垂头丧气地回答："怎么没想，我天天想，时时刻都在想，就是没辙。莫远道提的条件太高了，补偿150万，等于那商铺白送给他，没得谈。"

刘莉把那张画画写写、列齐莫远道条件的 A4 纸拿给张艳艳看，说：“咱们现在只好从同意他后面两个条件入手，再想办法让他降价吧，这是没办法的办法了。”

“如果莫远道死活不肯呢？”张艳艳仍在怀疑。

刘莉停了一会，又狠狠地说：“这个问题我也想过了，如果他还是死不松口，我们只好孤注一掷。”

张艳艳瞪大双眼，诧异地问：“怎么孤注一掷？”

刘莉说：“我还没想好，大概就是吓唬他，说移动公司已经考查过好几个地方，如果他不肯降价，我们没法交易，移动就会放弃，去别的地方买了。”

“刘总，这样行吗？”张艳艳的眼睛瞪得更大了。

刘莉无奈，又不服气地说：“试试吧，我空想了一下，为什么莫远道又肯换了？原来那么反对，现在又肯了？虽然说他提出天价，可还是肯换啦？是不是除了钱还有原因？所以我想从可以答应他的那两点入手，一边谈，一边探究竟，实在不行就吓唬吓唬他，说不定还吓出点事情来，不管怎样，总比这样僵着好。”

“好，我约他。”张艳艳说完马上给莫远道打电话，没想到张艳艳一打电话，莫远道立刻答应来。

刘莉暗暗想这是好兆头。她立即抬起头嘱咐了一句：“莫远道来了，把他领到我办公室吧，不要在小会议室了，你让他和我单独待一会。”张艳艳点点头。

十分钟不到莫远道就来到了泰安房地产公司，张艳艳立刻把他领到刘莉的办公室，自己静静地退了出来。

刘莉一般都是在会议室接待客户，今天她想给莫远道一点特殊的印象，就在自己办公室里接待他。刘莉的办公室很大，门口的对面是一色的落地窗，窗外地上种满了桃树，现在正是桃花盛开的季节，这几天桃花开得最烈，就像大师的画。它们怒放、艳丽、繁盛，灿烂辉煌；它们深红色、粉红色、水红色、一片一片，一层一层，全都是簇拥的火热，绚丽的经典。

莫远道一进门就被镇住了，他自己养了几十年的花，从来没有想过花可以开得如此的美艳，如此的万紫千红。“哇，这是画？还是景呀？”

“艳艳大表舅，你今天来得真合适，今天桃花开得最盛，最靓。”说话间，刘莉已经笑盈盈地站在莫远道旁边。

看见刘莉站在自己身边，莫远道忙着称赞：“你这风景像画，太像画了。”

听到莫远道的赞扬，刘莉倒是谦虚，她说：“什么画呀，景呀，不就是几株桃树嘛。”

除了那面落地窗的景致让莫远道惊讶，刘莉办公室另一大景观更让他诧异，刘莉太多书了。她办公室南北两面墙，从墙根一直到墙顶，全都是红木做的书架，书架上还挂着部专门上下取书的精致木梯。书架上摆满各种类别的书籍，有精装的、有平装的，有典籍类、史学类、经济类、文学类、科技类、日常生活类，也有农业动植物类。这一南一北的两堵书籍墙，定格了女主人求知雅儒，又博闻知性的情趣格调；更映衬出女主人海阔天空，而又精细深邃的思维走向。在如此跨类繁杂的书籍面前，莫远道昂着头看，尊下身看，侧着身看，还踮起脚尖看。他一边看，一边还惊叹好奇地问道："太多书了，像新华书店。刘总，你怎么买这么多的书呀?"

"都是以前买的。以前媒体节目少，就多买书看，买着买着就多了。现在媒体多，新媒体、传统媒体，手机、电视机、电脑、iPad，视点五花八门，而且节目做得深刻易懂，活泼多样，买书少了。"刘莉回答道。

"这些书你都看过吗?"莫远道又问。

"买是买了，也没有全看。你看这部《清史稿》，我就是查资料的时候翻了几页，哪看得完呀。"刘莉随口回答道。

刘莉随意又不卖弄的回答，让莫远道不禁地想，这女人不简单；当然，他也暗暗对刘莉产生一种敬意。

刘莉感觉到了莫远道从进来到现在的微弱心理变化，但是她心里十分清楚现在的水只烧到 70 度，她还要通电加温，于是刘莉又款款地把莫远道引到办公室侧面的茶桌面前，安排莫远道坐好，自己坐在莫远道对面的泡茶位置上，熟练地泡茶，并说道：“艳艳大表舅，坪县产西山茶，你们常喝。来吧，今天咱们喝点别的，喝龙井。这是上好的龙井，我刚拿到的，咱们来尝尝。”说话间，刘莉把一杯小小的，清亮透明的茶水端到莫远道面前的茶盘上。顿时，一丝丝龙井特有的郁香茶味，就在莫远道面前萦绕着，飘荡着。

“刘总，我知道你的意思，这样吧，你也不用劝了，我降，你们就赔偿我 120 万吧，然后所有过户的手续费你们出。”莫远道也不知道是因为看花醉了，还是被刘莉广博的藏书蒙晕了，或者是被龙井新茶香气熏晕了，没等刘莉开口，他居然自己提出降价。

这倒是刘莉没想到的，但是只少了 30 万，刘莉是不满足的，她马上乘胜追击说：“赔 130 万，我们董事长肯定不接受的，如果这样我们这笔生意就做不成了。”

“少于 120 万，我不换。我知道移动一定要有我这铺位，才买另外那三间。刘总，你考虑考虑吧。”这会莫远道又像回到了从前，他那精明老道的本事又散发了出来。

刘莉孤注一掷了，她盯住莫远道的眼睛，壮着胆子说：“你错了，我们董事长在广州找到了移动公司华南片的总经理，这个人正好是她大学的校友，他们已经谈妥了，如果你这要价太高，他们移动公司就在你那商铺的顶头处多要一间，我今天叫你来，就是把这消息告诉你。”

听到刘莉这么一说，莫远道还真的有点心慌了，他十分清楚自己的商铺只有3.5米宽，移动买的商铺有20米宽，完全可以割出自己，和他顶头的另一商铺连在一起。他低着头，沉思了好一会，然后鼓足了腮帮，瞪大了眼睛，一字一字说：“这样，你好，我好，大家好，我再少30万，赔我100万，这事就成交了！”

“赔100万，少了50万。”刘莉默默念着，心里一阵欢喜，但是离公司的底线还有距离，不过已经很不错了。刘莉想今天也就到这了，再继续下去很可能把莫远道搞毛了，他又回到150万。想到这，刘莉看着莫远道微笑地说：“艳艳大表舅，挺感谢了，我和董事长商量一下，再答复你。”

莫远道点了点头，然后走出了刘莉的办公室。

看着莫远道离去，张艳艳马上冲入刘莉的办公室，大声问：“刘总怎么样？”

刘莉笑着伸出一手掌说：“少了50万，要我们赔他100万。”

“刘总，你太厉害了，一次交谈就少了50万，太厉害了。”张艳艳一边说，一边伸出两个大拇指。

刘莉点了一下张艳艳的额头，笑着说：“厉害什么，大美女，我们还要努力的。这两天，你想办法弄清楚莫远道有什么爱好？”张艳艳立刻不停地点头。不过刘莉还是很高兴，她兴奋地说：“走，请你吃饭去。”说着，拉着张艳艳走了。

第二天一早，张艳艳就笑盈盈地告诉刘莉，莫远道最喜欢黄色的山茶花。他家里有一株黄色的山茶花是他三年前别人送给他的，花开的时候非常好看。莫远道还想弄多几棵，一直没有搞到。听到这消息刘莉马上查百度，她查到黄色山茶花，又名金茶花，是名贵花种，南宁的广西农业植物研究所可能有，第二天一早她就开车，带着张艳艳去南宁，去这家研究所，找到所里的茶花研究专家李教授。李教授先拿出一本黄色山茶花摄影图册给她们看，图里的黄色山茶花把她们惊呆了，那花儿黄中带金，娇媚艳丽，雍容华贵。

张艳艳不禁地说：“照片拍得太好了。”

李教授赶紧纠正：“不是照片拍得好，是花好，黄色山茶花太漂亮了，比照片漂亮多了。”

刘莉马上问道：“李教授，你这有正在开花的黄色山茶花吗？”

“有，走，我带你们去看看。”李教授说着，就把她们领向茶花园，一边走，一边还给她们讲黄色山茶花的故事："黄色山茶花，花开金黄色，又叫金茶花。一百多年前世界上就有几千个茶花品种，就是没有开黄色花的品种。所以，国内外的植物学家都在寻找开黄色花的山茶花。19 世纪中叶，英国探险家罗伯特·福图尼就曾受英国皇家园艺学会派遣来到中国，寻找开黄色花的山茶花。他历经 20 载，4 次来华，带走了大量珍贵植物，但就是没有找到这种开黄色花的山茶。以后还有不少植物学家在亚洲的大小山林中寻觅，其中日本人津山最具传奇色彩。1947 年，他为寻找黄色的茶花，多次遇险、九死一生，在《幻想的黄色山茶花历险记》一书中，记述了他为寻找金色茶花而付出的热情与艰辛。可惜的是，一百多年过去，寻找黄色山茶花的梦仍未幻想成真。直至 20 世纪 60 年代，我国植物学工作者才首次在广西南宁的坛洛乡发现了他梦寐以求的茶花稀世珍品，开黄色花朵的山茶花，而且还是黄中带金色的，更加珍贵，就命名为金花茶。金茶花的问世，轰动全球植物界。金茶花为深根植物，直接挖苗很难成活，要用种子培养，10 年才开花。我们这里有一株黄色山茶花王，就是我老师用南宁坛洛乡第一次发现的金茶花的种子培养出来的，已经 40 多年，有 5 米高，如今开满了花，很灿烂。不过现在我们掌握了金茶花的嫁接技术，两三年就可以开花了。但是这种嫁接技术性高，又复杂，成活率低。金茶花每年大约在11月开花，到第二年的3月，花期长达5个月，比一般茶花长，金花茶被列为国家一级重点保护植物咧。”

走着，听着，突然间，刘莉被眼前的景象惊呆了，不禁轻轻叫唤：“天呀，太漂亮了！”

张艳艳也在叫唤：“哇，超美！”

她们眼前是一株5米多高的金茶花，圆锥形的枝叶有如两扇拱形大门就竖在眼前，那金黄色的花球一朵朵布满绿色的枝叶上，金黄和绿，绿和金黄，唱出了一首辉煌的春之歌。一片片金黄色的花瓣就像鹅黄色的缎面，织上一层薄薄细细的金丝，高贵、神秘、迷人，一朵朵金黄色的鲜花带着露水，悄悄张开，微风一吹，轻轻摇动，美得像沉鱼，美得像落雁；这金黄的花色，远看花朵像被绿色的叶子簇拥得紧紧相依，款款相映，叶子似书生、似王子，花儿似小姐、似公主，绿叶对花儿深情搀扶，花儿对绿叶深切依恋，这情，这景，就像昆曲牡丹亭里缠绵的痴情，也像天鹅湖里浓浓的诗意。

“这金茶花，花和叶有情感的，花期才开得这么长。”刘莉一边弓着腰看着花，一边感慨地说。

“这花像用神水铸的，朵朵都像女王一样高贵！”张艳艳也在嘀咕着。

李教授说：“没错，这金茶花就是高贵。”

“李教授，卖我们几株吧？”刘莉期盼地问。

“我一般只让看，不卖的。但我看你们两个面善，又贵气卖你们两株吧。”李教授笑着说。

“三株不可以吗？我们还想送株给一个金茶花痴，就多一株？”说完，刘莉还朝李教授竖起了一根手指头。

李教授摇了摇头。

“知道了，已经很感谢您了！”刘莉知道再求也没有用，就让李教授帮挑了两盆金茶花带回坪县。在路上刘莉已经交待好张艳艳下一步如何行事。

两天以后，坪县的各大媒体、街头小巷都有大量的广告，广而告知大事宣传：

金茶花及各类茶花展览

广西农业植物研究所于2014年2月15日（本周末）上午10点在县人民广场，举办金茶花及各种茶花展览，届时评选最美丽茶花，也欢迎各界市民带自家茶花参与评选。一等奖1000元，二等奖500元，三等奖300元。

协办单位：坪县泰安房地产开发有限公司

周末到了，刘莉她们帮李教授拉来几百盆各个品种的茶花，其中也有20盆金茶花。回到坪县之后，刘莉就和李教授沟通好邀请他们到坪县展览茶花，并介绍茶花知识。坪县从新中国成立到现在从未有过花展，这次花展市民反应热烈，不到10点所有座位全部坐满，后面还有很多人站着。张艳艳给莫远道送去了两张票，他和老婆薛芳的位置就在张艳艳的旁边。刘莉在贵宾席，在招呼领导们。

莫远道这几天心里一直在打鼓，他不停地问自己：“刘莉她们会同意100万吗？如果她们还是嫌高，自己又怎么办？”按照他的分析刘莉她们一定想做成移动公司这单生意的，一定要和他莫远道换铺位的。但是有时候人算不如天算，唉，铺位一天没定下来，他一天也吃不好，睡不好。这不张艳艳来给他送花展票的时候，他已经沉不住气了，一见到张艳艳就追问：“怎么样，你们想好了没有，那铺位还换吗？”

张艳艳送票时候薛芳也在场，薛芳也在帮腔：“从150万，降到100万，一下少50万，很多了，你们不换，我们还不想换呢。”

张艳艳说：“大表舅，大表舅妈，你们都看见了，我们这几天忙着办花展，哪有时间商量换铺的事？”张艳艳马上转移话题：“大表舅，大表舅妈，你们那盆金茶花也带去花展参加评选吧？”

一说到茶花，莫远道马上兴奋，还骄傲地说：“当然，一定去参评，我的花一定会得奖。”

花展的那天早上，莫远道和薛芳抬着自家的黄色山茶花，到花展，他们看到了各式各样，千姿百态的茶花，最让他们兴奋的是那20多盆金黄色山茶花。特别是当莫远道看见这金黄色山茶花，他一直盯着花看，围着花转，眼睛顿时发出绿色的光芒。他太喜欢了，这里每一株黄色山茶花的花瓣，都带着点点滴滴的金色，是那么的高贵，那么的诱人，他就想把这些金黄色的山茶花统统都搬回家。

莫远道这些神情都被刘莉、张艳艳看在眼里，她们在会心地互抛媚眼。

这会花展已经到了最后一项评选最美丽黄色山茶花，最后的结果是南宁的一等奖，刘莉她们买的两盆花分获二三等奖，莫远道的黄色山茶花排到了第八名，排在获奖的名单之外。莫远道情绪很低落，垂头丧气地和薛芳抬着他们的花走出花展场地。

但是刘莉和张艳艳拦住他们的去路，把他们接上车，并把他们送回家。然后刘莉、张艳艳还从车子后备厢搬出那盆荣获二等奖的黄色金茶花，对他们说：“艳艳大表舅，这送给你吧，我知道你很喜欢这花，你一定会把它养好的，它在你这最合适。”莫远道夫妇一片愕然。

张艳艳也跟着说："大表舅，真的，是送给你的。"

不过，还没有等莫远道反应过来，刘莉又接着说："艳艳大表舅，我对你们说实话吧，我们公司肯定不能按照100万赔偿你们的，估计我们换铺位的计划流产了。我们生意做不成，就做个朋友吧，花放在您这，我们以后常来看它。"

莫远道更加不知所措，这世界一会天上，一会地上，把他彻底搞懵了。他敲了敲自己的脑袋，又觉得有响声，有痛感，仿佛这一切又是真的。但是这送花？这不换铺？这一喜，一忧，瞬间叠加在一起，他还真的反应不过来。特别是不换铺位这一信息，更是把他五脏六腑冲击得茫然一片，他傻了，懵了，呆了。

薛芳赶紧把莫远道拉进房间，使劲地摇着他说："老公，快降价，快降价，咱们要少一点，铺位就能换成了！"

这摇动，这喊声，多少让莫远道清醒了一点。"对，对，对，降价，降价。"他自己也嘟囔着。当然他这个生意精明的男人，一想到降价，杂乱的思维，瞬间整顿了整齐，有了灵感，他晃了晃头，精神抖擞地走出房间，对刘莉、张艳艳说："花，我很喜欢，我留下，我谢谢你们。说到换铺位，我降价，60万，你们赔我60万，但是后面的一切费用你们出。"

莫远道这老男人的声音，此时此刻对刘莉、张艳艳这两个女人来说，那就是天籁般的声音，她们再也忍耐不住了，一齐冲向莫远道，一边还叫唤着：“成了，成了，我们董事长给我们的底线就是这个价。”

听到刘莉、张艳艳的叫喊薛芳也冲了出来，甲乙双方都欢天喜地。

很快，莫远道、薛芳带着他们的儿子莫明，和刘莉、张艳艳签下了合同。

很快，刘莉、张艳艳她们也和中移动公司签下了合同。

三

刘莉让张艳艳把所有合同送去移动公司后，自己马上就到坪县房管所了解新增加的商铺房产备案等有关手续。房管所的所长姓李，59 岁，快退休了。他个矮，只有一米六三，背后还有一点佝偻，脚又微微八字，两胳膊横甩着走路，啪挞啪挞的，很有味道。这两年又因为快退休，他给自己起了个绰号“小半老头”。李所长可是个热心人，刘莉和他很熟，她一见到李所长也不叫所长，就叫：“李叔，我又来麻烦你了。”

李所长也爱逗刘莉：“大美女来了，听说你们美女公司，又来了几个新美女，那可是小鲜肉哦？也不带来给我小半老头看看。”

刘莉哈哈大笑起来：“李叔，您可是乱用时髦语言，人家说‘小鲜肉’，说的是帅哥，可不是说靓女。”

李所长还继续幽默：“那靓女叫什么？叫‘小花肉’？”

李所长一出口，刘莉更笑了，笑弯了腰，隔了好一阵子她才能站立起来，然后摆摆手说：“行啦，我不和您逗了，我有事。”说着她就把他拉到一边，向他讲述了自己公司出售商铺给移动公司的一切事情，最后不放心地问道：“李所长，您看这事特别的急，我们怎么办?”

听到刘莉这么一说，李所长也认真起来，他对刘莉说：“这样，大美女，现在所有部门的头头下乡了，明天上午一早我召集他们来开会，专门商量你这事怎么办，明天你再来，我告诉你怎么办。”

刘莉千谢万谢离开了房管所。

第二天上午10点，刘莉就拿到了办理新商铺备案步骤：一，先让房管所预测新铺位面积；二，住建委办理新铺位的预售批文；三，拿住建委新商铺的预售批文，再回到房管所备案。

房管所很给力，只用了两天时间，就把预测量报告交给了刘莉。

下面，刘莉就要开始跑坪县的住建委了。

但是，一切艰难刁诡，匪夷所思的故事，此时此刻开始了。

一场雾霾走了，一场春雨走了，久违的太阳钻出了云层，金色阳光照耀在回春的大地上，天地间透亮、干净、温暖，春意盎然。完成与莫远道商铺调换签订协议的刘莉，心情大好，脱下了羽绒服，要把自己好好地打扮一番。刘莉穿上一件英国牌子 Burberry 浅灰色开胸羊绒衫，里面打底的是件意大利 Versace 红色碎花飘带衬衣，飘带露在灰色羊绒衫的外面，下身穿着一条同样是 Burberry 的藏青色薄呢裙子，裙摆刚过膝盖，裙子是撒摆的，摆大腰细。刘莉还在腰上系上一条细细的红色皮腰带，牌子是意大利 Gucci，脚上还蹬着双 Prada 黑色浅口高跟皮鞋，手里拎着法国 Chanel 黑色方宽包包。她就这样蹬，蹬，蹬地走着，十足像个风头劲辣的中年女模特。哦，真一个精致的女人，一个讲究的女人。

刘莉在坪县有个好朋友，叫吴晶，她在住建委旁边开了一家坪县最大文印社——坪县华彩文印社，这里有大图、彩图复印，图册装订等等业务，因为在住建委旁边，很多业务整个坪县只有她的文印社可以做，生意非常好。吴晶年纪和刘莉相仿，40 岁刚出头。她离异，一个人带着女儿过日子。刘莉刚到坪县的时候常来这里复印大图，装订图册，她和吴晶交谈过几次，觉得她经营有道，定位准确，是一个有思想，有见识的女人，她和吴晶来往就多了起来，也就成了朋友。这个吴晶左右逢源，和住建委上到主任，下到科员、保安都混得很熟，他们都给她介绍业务，让她在坪县成了小有名气的富婆。

刘莉去住建委办事，很喜欢到吴晶的文印社坐坐，先和吴晶聊聊，有时也请吴晶带带路，见些领导，这样使刘莉办起事来，还真有点事半功倍的效果。刘莉今天又来吴晶的华彩文印社，吴晶看到刘莉后，把她从头到脚，里里外外都像扫描机一样扫了一遍，说："你今天这么高调？衣服、包、鞋全都是国际名牌，怎么？来这显摆给我看？我可买不起，你这一身看得我眼爆，我忌妒恨！"

刘莉可不是个饶人的角色，她马上还嘴："行了，我今天只是高兴，臭美一下。你也别妒忌我，我还嫉妒你呢。你看你的生意多火爆，每天忙都忙不过来。再看看我们这一年可真是惨淡经营，日子难过呀。你买不起？谁买得起？下周末和我一起去深圳，我陪你逛街，我们买它个昏天黑地，买它个五彩缤纷……"

吴晶打断刘莉的话："行了，我说一句，你就说个没完没了，说，你来我这有什么事？你可是无事不登三宝殿的。"

刘莉赶紧把自己要办的事情从头到尾地和她讲了一篇。吴晶认认真真地想了一会，就说："走，我带你去找冯一宽，他是第一股的股长，我和他很熟，他常来我这印东西，咱们找他，他应该懂。其实刘莉和冯一宽也是认识的，但就是公事公办的交往。吴晶和冯一宽的关系真的不一般，她一走到冯一宽的办公室就自己倒水，然后又把刘莉的事情对冯一宽说了，冯一宽业务很熟悉，他马上告诉刘莉："增加商铺？你先请设计公司把增加商铺画在原来的图纸上，再打个申请报告，连同房管所的预测报告一起拿过来看看，才能定后面的事情怎么办？"

刘莉马上问："难办吗？"

"要看过资料才知道。"冯一宽脸上的表情看不出任何内容。

吴晶还在帮刘莉："冯股，刘总可是我最好的朋友，你可要帮她哦，你要是不帮她，你以后别到我那印东西。"

刘莉赶紧打圆场，说："别，别为我的事情伤了和气，我马上回去准备资料。"说完就拉着吴晶走出冯一宽的办公室。

泰安房地产公司开发的新泰大厦，是上海迪奥设计有限公司做的设计，设计工程师是上海交大土木工程系毕业的高才生李刚。他 30 岁出头，在上海做了许多大型房地产项目的设计，包括上海绿地、上海世茂等等很多有名的项目他都参与了设计。刘莉是通过深圳做房产开发的朋友找到他的，刚开始李刚不愿接刘莉的项目，嫌从上海坐飞机到南宁后，还要坐 4 个小时的大巴才能到桂平，交通不方便，浪费时间。

但是，刘莉很快就把他说通了，刘莉说："你帮上海大公司设计表面上离得很近，实际上离得很远；帮我们设计表面上离得很远，实际上离得很近。比如说你要设计款，他们大公司要层层申报，从工程部、财务部，再到公司总经理，一级一级审批，要很多时间。我们这里，你只要给我电话，和我沟通就可以了。"

这一番话可说到了李刚的痛处。的确，那些大公司架子大，付款要多层审批，他做的好几个项目，设计款都要经过很多周折才能得到。这么一想李刚就答应了刘莉，当然，这也是李刚第一次接要坐飞机，还要坐几个小时大巴的设计项目。

刘莉的选择是对的，上海的设计，就是上海的设计。李刚的图纸惊艳了坪县住建委，新泰大厦就是高大上！这是含有 20 世纪 30 年代上海传统文化与现代华彩迪拜意识糅合在一起的建筑物。建筑物里传统的元素，主要通过大红色麻石围框边来表现，围框的红色麻石里面雕刻深沟垂直条纹，垂直纹两头顶处是反卷云海波纹。迪拜的现代华彩元素，却是用大面积绿色玻璃表现，玻璃的拼接全部都是褐色的方钢。这要大块的绿色方块，被褐色粗条隔开，又被赭红色包裹，真是传统和现代的碰撞，平民和华彩的糅合。李刚的设计给视者强烈的冲击力和震撼力，让人惊叹，让人赞叹！

刘莉第一眼看见图纸直叫：“太漂亮了！太震撼了！”不过停了一会她又小声地问李刚：“李刚，这造价贵不贵呀？会不会超出预算？”

李刚信心十足又骄傲地说：“一流的设计师要用廉价的材料，表现华彩的效果。刘总您看广东、广西最多，可以就地取材，它还是石材里最便宜的，和抛光地板砖价格差不多，但是效果就差远了。”刘莉见李刚讲得有道理，她又去石材市场探价格，这种红色的麻石还真的不贵，甚至比抛光砖还便宜，她就采用了李刚的方案。结果在坪县，真的获得了个满堂彩。

刘莉和李刚合作过，知道他晚上要熬夜搞设计，睡得晚，起得晚。她看看表上午 11 点，想李刚应该已经睡醒了，她就把电话打了过去，电话的那一头通了，响了好几次了，就是没有人接，隔了十多分钟刘莉又给李刚打过去，还是没有人接，一直到 11 点 30 分，刘莉才听到李刚惺忪的声音：“……唔，谁？”

刘莉大叫：“是我，刘姐，都到中午了，你怎么还睡呀？快起来吧，我们要修改图纸。”

一听说要修改图纸，李刚立即清醒，还激动了起来：“谁要我改图纸？为什么要改图纸？凭什么改图纸？”几乎所有的设计师都是自信、个性、牛气冲天，最不愿修改已经定型的设计图，李刚更是如此。

刘莉赶紧给他解释：“我们想在新泰大厦一楼商场大门口地方增加一间商铺，要报住建委批，要重新画过规划图。”

电话的那一头李刚的声音更清楚了：“刘姐，我告诉您，新增铺位布局要符合消防规范的，如果不满足这一条件，改不了的。我们做设计的可是终身负责制的，您不要让我干些违反法规的事情，我是不干的，给我多少钱都不干。”

刘莉马上安慰他：“放心，绝不会让你做违反法规的事，而且这种事情就算我让做了，住建委也不会通过的。”

听了刘莉这么一说，李刚的声音缓和了许多：“那也是，刘总，那你们画个草图，定个大致方位，拍照片发微信过来，我合算一下，如果满足消防规范，我马上给您修改图纸。”

刘莉很快给李刚发了微信，李刚第三天也把修改后的图纸给刘莉寄了回来，并且在电话里，仍旧不改他的自负口气说：“刘总，放心吧，我帮您认认真真查过了，这份图纸符合最严格要求的消防规范。”

刘莉拿到图纸了，但是她没有往住建委第一股冯一宽那送，而是先约吴晶到德文茶庄喝茶。

德文茶庄，建在自己的茶山上，它由三间弯弯砖木瓦廊房，组成一个半月牙形状建筑群，廊房有晚清时样式的瓦当，黛青色的大坡背瓦顶，白色灰水墙，万字形花梨木框，可以左右移动的雕花木门，还有一条宽宽的，也是月牙弯形的回廊。从远处望去，黛青色的瓦顶被白色水灰墙高高撑起，突兀在绿色的茶山上，这景致是那样的恬静、致远。

刘莉和吴晶正在茶庄喝茶，她们就坐在回廊里，两人面对面地坐着，中间一张鸡翅木的小方茶桌，茶庄外就是一垅一垅低矮的灌木茶林。

“吴晶，我们这事很重要，但是，那天听第一股冯股长的口吻不那么爽的，我很担心。”

“别烦了，明天，明天我再陪你去找他们，不就是第一股嘛，它那股长原来姓辛，不好说话，调走了。冯一宽才上任的，他还是我小学同学，我们还是‘同桌的你’。那人好说好，我明天再陪你去找他。”

“其实呀，我和冯股长也认识，但没有私交，我这事还真的靠你啦。”刘莉好像看到了一点点希望。

“好说好，他读书好，考试的时候他做完卷子，还帮我考，总让我及格。”吴晶回忆往日心情特别的好，浅浅地笑道。

刘莉见状，撇了一下嘴，有点刻薄地说：“这么好的同桌，发展一下？浪漫一下？人家现在可是领导，是精英啊，值钱噢。”

吴晶笑了：“我去找他？他老婆有名的母夜叉，又五大三粗，气壮山河，一巴掌就能把我从坪县的东头，打到西头。”

吴晶这么一说，可把刘莉说乐了，哈哈哈大笑起来。

这两个女人说起男人就收不住了，她们继续往下说。

刘莉问吴晶：“怎么样，前一阵子我给你介绍的那个老师感觉如何？”

吴晶一脸的无所谓：“太呆了，谈不下去。”

“你呀，别太挑了，放点心机找男人吧。这半年，我给你介绍了三个人了，我觉得都不错，你怎么总是见面一两次就完了呢？现在可不时兴男追女，讲究的是女追男。一堆的好女人找不到男人。如果把女人分 A、B、C、D 四种，男的也分 A、B、C、D 四种，你是要找 A 男的吧，别的女人也是这样，就成了所有四种女人都去抢 A 男，B 男，剩下 C、D 男人没人找，你说说是不是好一点的男人要抢？我告诉你，我在深圳的朋友单位，有个男同事，30 多岁，一个月也就挣个万把块钱，还有两个孩子，刚和加拿大的老婆离了婚，孩子跟老婆，马上有4个女人追他，其中两个是海归，一个90后，你看看现在都是什么世道呀？你再看看现在网上、报上、电视上的消息，报道的各种相亲活动，都是女多男少，要抢，知道吗？”说到这里，刘莉还一脸的坏笑：“你别那么理想主义，拍个散拖，解决一下生理问题也好呀。”

听到这里，吴晶佯装拿起手中的茶杯要朝刘莉泼过去，一边还说：“瞧你这么精英的女人，还说这么粗俗的话，让我们怎么去交朋友？”

刘莉赶紧用手护脸求饶：“好了，不说了，喝茶，喝茶。”说着，刘莉拿起茶盘中的夹子，把吴晶面前那杯已经冷了的茶水倒掉，重新给刘莉倒上一杯滚烫的新茶。

喝着，喝着，吴晶瞟了一眼刘莉，说：“你别老说我了，你怎么样？你老公一年有半年在美国，你就没想过养个小白脸？你们深圳人可时兴这个了。”

“哈，哈，哈。”刘莉大笑，又说：“那东西可不好惹，我一个朋友真的沾上一个，又被追杀，又被勒索，花了几十万，用了半年时间才脱身。”

这两个女人东扯西拉地喝了一个下午的茶，到了傍晚了才离开了茶庄，各自开车走了。

吴晶今天下午不用去学校接孩子，她妈妈去帮她接。她开着车往郊外的方向行驶。吴晶这个女人很神秘，五年前下了岗，但是这几年突然有钱了，在住建委旁边开了一家坪县最大的文印社，而且生意非常火爆。熟悉她的人实在搞不明白她的钱从哪来的，前几年还苦得很，常常看见她在夜总会陪男人跳舞挣钱过日子，她怎么突然有钱开文印社啦？有人说她在夜总会傍上有钱男人，可她40岁的女人，还拖着个孩子，她能傍谁？况且她并不漂亮，一张大圆脸，扁扁的鼻子，也没有多少文化，真不知道她开文印社的钱从哪来的？许多人问过她，她也只是笑笑，就是不说。

天已经渐渐黑了，吴晶的车还在往郊外驶，它从四车道拐进了两车道，走进了乡村公路。它经过了一片林子，走过了几个山岭，来到了一栋独门独户的别墅铁栅栏门前，只见她熟练地按着遥控器，铁门自动打开，她把车子停好，她走进别墅。刚推开门，她就被一只有力的手抓住，然后被抱住，就被抱进了卧室，扔到了床上。一个男人骑在了她的身上，粗粗的喘气声，急促促低声喊着：“哦，想死我，想死我了。”说话间，两只又大、又有力的手就把她剥得干干净净，收拾得软软水水的。吴晶全身发软了，特别是那对乳房被那男人的两只手揉搓着，更是酥麻，“哎哟，哎哟。”她忍不住了，轻轻地叫唤着。有人问她：“舒服吗？”她闭着眼睛，扭曲着身体说：“舒服，舒服。”“来吧，再舒服一点。”说着，男人就一下重，一下轻地抚摸、拍打着她的身体。吴晶全身酥了，更麻了，胸口挺起，再挺起，更挺起，可那男人的手就是没有空捏它，抓它。吴晶叫唤的声音更大了。这对男女男呼女叫，捶打蹂躏。他们滚动、腾起、翻卷、站立、爬跪，昏天地暗，翻江倒海，波澜壮阔……

也不知道隔了多久，这两个人总算困了，他们都平摊在床垫上，仰望着房顶，男人一边抽着烟，一边意犹未尽地说：“和你干，就是爽！和我老婆搞，不到 2 分钟就泄了，以前还以为自己阳痿，可一骑上你，我就有劲，就成了战神，威力无比！怎样？你以前老公有我行吗？”

吴晶把赤裸的身体侧了过来，紧紧粘贴着男人，她还让男人用手抓住自己白白乳房上的粉色乳头。男人也侧过头来，猥琐地问道：“还想干？”

吴晶轻轻地摇摇头，又柔情似水地看着男人说：“我爱你，这会，不要说你老婆，也不要提我前夫好吗，我真的很爱你，很爱你呀！”

男人还不依不饶，又问：“你学过床术？怎么一到你这，我就像上足链的发条一样？”

“我爱你。”吴晶说得更加轻，更加柔，说完她还在男人的嘴唇上轻轻地吻了一下。

男人彻底地又被挑逗了起来，他把吴晶翻了过来，乳房朝下，屁股朝上，又骑了上去，他拍了拍吴晶白白的大屁股，说："我又干你!"

吴晶也"哈—哈—哈—"，发出一阵阵的浪声……

四

刘莉一早就来找吴晶，吴晶马上陪她去第一股股长，冯一宽的办公室。冯一宽看见她们来到依旧十分热情，他立即招呼她们：“又来啦，快坐。”

吴晶马上顺势说：“嗨，冯股，你知道了刘莉是我的好朋友，她们新增商铺的事情对她们公司很重要，还真的请你这个老同学帮帮她。”

“老同学的朋友，放心，只要我能帮的，我在所不辞！当然，超出我能力范围，或者要我违反原则，那我就没有办法啦。”冯一宽也爽快。

没等刘莉开口，吴晶马上说：“怎么会让你违反原则，那种事情就是你同意了，上面也会打回头的。再说我这朋友刘莉绝不是要人违反原则帮她做事的人，她读书多，识大体，绝不会为难你的。”

刘莉也立即表态：“冯股，您放心，我读书多说不上，但我真不是个为难您的人，我绝不会要您违反原则的，其实您只要按规章办，指点指点我，我就心满意足啦。”刘莉说着就把准备好的资料展开在冯一宽面前。

冯一宽认真看刘莉带来的资料，然后他对刘莉说：“你这图纸只有修改后的，没有修改前的，你还要把修改前的图纸拿过来，我们才能比较。”

“噢，好，那我把旧的再给您补齐。”刘莉答应道。

“那等刘总把前面的图纸拿来了，你可要帮帮她哟。”吴晶还不放心，又补了一句。

“行了，我会了。”冯一宽边说着，边把吴晶、刘莉送了出去。

刘莉刚回到公司自己的办公室，财务部的总监就来找，说：“刘总，我们由担保公司担保的，借中行的1000万，还有一个月就要到期了，您看我们找谁过桥？我们要联系企业办手续了。”所谓“过桥”，指的是临时拆借，一般企业贷款到期都会临时借一笔钱还给银行，等银行再把贷款拨回来，企业就把临时借款还掉，这样一借一还款大约都在一个月或半个月，这种临时借款就叫“过桥”。

刘莉很无奈：“现在还能找谁？以前担保公司的贷款，都可以找回担保公司做‘过桥’，现在‘过桥’款他们一分钱都没有了，只能向社会高息融资了。”

“那不是高利贷吗？我们公司可是从来都不用这类

钱的呀?”财务总监吃惊地看着刘莉问道。

“没有办法了。”刘莉低着头回答,不过一会她又抬起头对总监说:“还要一个月时间,移动买铺的手续应该办下来了,移动是一次性付款的,我们就可以用这笔款还贷款。”

“那太好了。”说完,财务总监就离开了刘莉的办公室。

财务总监刚离开,张艳艳就急忙忙地走进来问:“刘总,住建委怎样?顺利吗?”

“还好。”刘莉望着她说。

“我们两个月能把手续办完吗?”又问。

“差不多吧。”刘莉回答。

“刘总,我们一定要在两月办好莫远道换铺的备案手续,他说那时候他的新铺位才吉利,过了这时间他就不换了。”张艳艳说道。

“啊,有这事?”刘莉诧异地望着张艳艳。

“是呀,他专门来说的,他才走的。”张艳艳说。

刘莉有点紧张:“那要抓紧,”但她想了一会,又补了一句:“两个月?也应该赶得及。”刘莉说。

张艳艳轻轻地舒了一口气,说:“噢,放心了。”

财务总监走了,张艳艳也走了,办公室里只剩下刘莉自己,她把身体靠在那把专门为女人做的班椅的后背上闭目养神。想想两个月要还贷款，换铺的手续要两个月办好，它们重叠在一起，无形中给了刘莉种种压力，再加上现在房子又不好卖，刘莉内心更加沉重。可她除了让自己加油，加油，又有什么办法？加油吧，加油吧，希望每一步都能按计划实行，按计划实行啊，这是她此时此刻内心真正的祈祷。

半个小时过后，在刘莉的工作笔记上多了几项内容：一，设法与住建委有关领导、部门领导再沟通，努力推进新增铺位买卖手续完成；二，扩大融资交谈面，为万一移动公司购铺资金晚到做准备；三，与莫远道再次沟通，了解两个月过后买铺不吉利的真实情况。刘莉知道这三项工作中的每一项都是硬骨头，咬牙硬顶的艰难工作，但是她只有努力、努力，再努力，她没有别的选择，否则公司的前途堪忧了。

这几天倒春寒，气温骤降 10 摄氏度，坪县清晨很冷，只有 3 摄氏度。住建委 8 点上班，刘莉 7 点 30 分在住建委门口等冯一宽。县里面的官员要陪领导，要下乡，他们有时候就是在办公室晃一下就走了，再回来就不知道什么时间了。刘莉要第一时间找到他们办事，就只有比他们上班时间早到，在大门口守候着。

8 点刚到，一辆白色中巴开到住建委门口，还有人陆陆续续走上中巴。刘莉此时看见冯一宽了，看见他没有走入住建委大门，也走向中巴门口。刘莉马上冲到冯一宽面前，扬起手中的图纸，呼唤：“冯股长，我把旧的那份图纸带来了。”

冯一宽朝她摆摆手，一边走上中巴，一边说：“我现在要跟县里去清违章，你明天再来吧。”他的话刚一落音，中巴门“砰”的一声关上，载着一车的人开走了。

寒风里，刘莉孤单单地站立在住建委门口，悲哀地望着渐渐远去的那辆白色的中巴……

第二天清早，还是7点30分，还是寒风瑟瑟，刘莉又来到住建委门口等候，等到9点，刘莉终于等到冯一宽的到来，刘莉一看见冯一宽，马上迎上去：“冯股长，早！”

冯一宽看见刘莉：“噢，你来了，不好意思，今早接到电话，到宾馆陪区建设厅的领导了。”

刘莉装着一脸的轻松，说：“没事，我也刚到。”说着，就把那张没有画新增加商铺的旧图纸展开，铺到冯一宽的桌面。

冯一宽看着图纸说：“这就对了，我这两天把你们资料弄好，过两天就帮你们上报。”

刘莉从冯一宽的办公室出来了，她高兴极了，她把两只手紧紧地攥住，放在胸前摇了两下，内心狂为自己办理新增商铺的手续又进了一步欢庆，盘算着移动公司付钱的日期，想着想着，她心都醉了。她想找人喝它两杯，她想找人再说一说这件事情，好让自己的兴奋更久一点。可惜她不会喝酒，只好跑到吴晶的文印社，找她喝喝茶，再高兴，高兴。不巧，吴晶到南宁出差进货去了，刘莉只好独自回去。

仅仅过了一天半，也就是 36 个小时，刘莉那颗兴奋荡漾的心，却又掉入冰点。冯一宽来电话了，方案在住建委领导处被驳了回来，并告诉她领导的原话是："新增的商铺在大门口，进出要地，你们没有看到前些日子的新闻吗，湖南长沙有间大商场着火了，逃生门太小，烧死 10 多个人?"

刘莉跑到冯一宽办公室问："冯股长，您不是说我们的主出口有 8.3 米宽，另有三处消防通道，我们符合要求吗？您还说国家消防规范主出口只需 3.2 米，我们比规范还大了一倍多，怎么就不行呢?"

冯一宽立即变了一副面孔，一字一顿，低沉有力地回答："不行就是不行，这是领导说的话，我也没有办法。"

这一天，不知道刘莉是怎样过的？也不知道她去了哪里？她回到家里已经是晚上 11 点了，她是被两个男人扶回来的，他们对刘莉的保姆说："这女人在他们酒吧待了一晚上，喝了两瓶酒，喝大了，她刚刚告诉我们住址后，就晕了过去。”看见昏沉沉的刘莉，保姆吓坏了。她知道张艳艳，她来家里吃过饭，就赶紧给张艳艳打电话：“张小姐，你快来呀，刘总晕过去了，被人送了回来，他们说刘总喝酒，刘总怎么喝酒呢，她可从来不喝酒的呀，你快来呀。”

张艳艳立即赶了过来，和保姆一起把刘莉送到坪县人民医院急救，医生说严重酒精中毒，晚来两小时人就危险了。

等刘莉醒来的时候已经是第二天下午3点钟了。张艳艳告诉刘莉她前天喝酒喝醉了，自己和保姆把她送来抢救，她已经昏睡了一天一夜。张艳艳问：“刘总，您很少喝酒的，更不去酒吧喝酒，您怎么啦?”

刘莉一点一点清醒了，她没有回答张艳艳的话，她把睁开的眼睛又闭上，隔了好一会，她望着张艳艳不说话，就是流泪。

张艳艳吓坏了：“刘总，怎么了？您怎么啦？您别吓我，医生！医生！”张艳艳要冲去叫医生。

刘莉一把将她抓住，摆摆手，示意她不要出去，说：“完了，我们公司完了！”接着，刘莉就把冯一宽告诉她新增商铺的事情一一都对张艳艳说了，然后绝望地感叹：“新铺位手续办不了，现在房子又卖不出去，我们贷款又怎么还？还不了贷款，公司肯定要被人民银行列入黑名单，那就再也无法贷款了，公司也就无法运行了，也就完蛋了。”

张艳艳惊愕地听着，害怕地听着，听着，听着，张艳艳也无声地哭泣，无声地颤抖着。

刘莉、张艳艳她们的泰安房地产公司，像死一样的寂静。

4 个月了，0 销售；

还有 30 天，要还贷款 1000 万；

还有两个月，如果办不了备案手续，莫远道不换商铺了，公司肯定死路一条。

公司员工谁也不敢看那些数据，可是又不能不看，公司员工谁也不愿想公司的前途，可又不能不想。他们互相都不说话，见到刘莉，更是躲得远远的。

最可怜的是张艳艳，她虽然不像刘莉那样是公司股东，可她是最老的员工，她是看着公司一个楼盘，一个楼盘地开盘、交楼，看着公司一天天地成长，她把公司当成自己的家，也把刘莉当成自己的偶像，希望自己有一天也像刘莉一样是公司的股东，是公司的 CEO。如今她看见公司遇到这么大的难关，她帮不上一点忙，她恨自己没用，恨自己不是个当官的。她不停地想如果，她想自己如果有个亲戚是个大官就好了，她想如果自己也在住建委工作就好了，她想如果移动公司只买另外那三间商铺，不买莫远道的那间铺位就好了，如果她能够变戏法就好了，让她能变出一张住建委的批文来……张艳艳都快要疯了，总是在不停地在如果，就是如果不出一个真正对公司有用的法子来。

刘莉更是疯狂，她已经想不出任何法子救公司了，就拉人天天去 OK 房，天天去海边大吃大喝，还天天去逛街乱买东西。每到夜里更是凄凉，刘莉就是自己对着自己哭，她觉得公司就要倒闭了，她这些年所有的付出都要流入东海，还要把她所有的本钱赔得一干二净。半夜里她还常常做噩梦，梦见自己是乞丐，梦见自己是小偷，梦见自己被高利贷追赶，还梦见自己变成一只苍蝇，变成了一只大象，五花八门，光怪陆离。刘莉给吴晶发了条信息："我快控制不住自己了。"

吴晶此时正在上次那间别墅里，手机的信息弹了出来，她看到了，就是没有时间回。

此时此刻吴晶已经脱剩一件薄薄透明的内衣，跪在地上，被那男人从背后揽着，那男人还用两只手抚摸着她的两只乳房。那她终于忍不住了："啊，啊，啊!"地叫唤。

男人问："怎么啦?"

吴晶说："我胀。"

男人问："哪里胀？"

吴晶说："奶，奶。"

男人说："我看看，"说着就把吴晶扳了过来，低头看着说："哟，胀成大奶子，来吧。"说着就用他的嘴巴叼起一只奶子，使劲左右上下甩动。

吴晶剧疼剧胀，大叫："我不要，我不要。"

那男人马上喝道："说，我要，我要。"

吴晶马上改口："我要，我要。"

那男人还在喝道："大声叫，还要大声，这里十里八方没有人，你给大声叫。"

吴晶扯着嗓门，忍着剧痛，大叫："我要，我要，"末了她自己还加了一句："我舒服，我要，我要呀。"……

床上一摊的水，一摊的汗，吴晶用自己的衣服帮那男人擦身体，那男人像死猪一样躺着任由吴晶擦拭。最后他看见吴晶直喘大气，才让停下来，还问道："喜欢我吗？"

吴晶点点头，说："我爱你。"

男人说："这是你最值钱的地方，不管我怎样欺负你，你还是这么乖。"说着男人从口袋里掏出一沓钱给吴晶。

吴晶没有要，她说："你在你们单位门口，帮我开了这间文印社，还把相关的业务都介绍过来，我已经很感激你了，生意现在又很好，我自己过得挺顺的，我花自己的钱可以了。”说着就把那沓钱塞回男人口袋里。

男人朝她竖起了大拇指。

突然间，吴晶想起了刘莉，就对男人说：“你帮帮刘莉吧，她现在特难，帮帮她吧。”

“我怎么帮？那是领导定的调子，没法帮。”男人瞪了一眼吴晶说。

“你是领导的大红人，管预售，管报建的第一股股长，你能帮的。刘莉是我朋友，你帮帮她吧，起码可以告诉她，现在该怎么做呀？”吴晶还在哀求。

“她现在该做什么，我当然知道，可我就是不告诉她，还要让她感到无路可走的地步。这个女人你别看她平常很谦虚，很有礼貌，骨子里她就是个精神贵族，高高在上，谁也瞧不起。我早就盼望她有灾难，总算等到了，活该！”那男人好像和刘莉有杀父之仇似的，越说越气愤，越说越痛快。

“她人漂亮，会穿衣服，又有修养，还有钱。我们女人都把她当成偶像。”吴晶说。

“她要是没有高人指点，很快就会破产，很快就什么也没有的啦，到时候你就成了她的偶像啦。”那男人继续说。

吴晶惊愕万分："啊？"

这个男人就是住建委第一股的股长冯一宽，快50岁。他和吴晶的地下情已经有五六年了。那时候吴晶刚离婚，丈夫走了，自己带着孩子，生活很困难。但是吴晶的舞跳得很好，她就在舞厅里陪跳，挣点生活费。一天夜里冯一宽和一帮人被开发商拉来吴晶陪跳的舞厅，别人跳得很兴奋，三步、四步、喳碴、拉丁，又回到华尔兹，轮了个遍，可冯一宽什么也不会，独自一人坐在角落里喝茶。吴晶见状就走了过去陪他说话，后来又教他跳舞。吴晶很会教人，几支曲子下来冯一宽就学会了简单的四步、三步，以前也有人教过他，可就是学不会，今晚吴晶让他学会跳舞，还拉着他合着音乐在舞池里转来转去，他陶醉了，舞中他把自己的电话给了吴晶，他也要了吴晶的电话。两个人从那以后有了来往，终于有一天夜里冯一宽把吴晶带到这栋别墅里来。说实话在吴晶之前冯一宽还真的没有婚外情，他老婆虽然不是漂亮，但也贤惠，把家操持得井井有条。他还有个儿子，正在北方上大学，如果不是遇到吴晶，他还是家里的好男人。谁想到吴晶把他改变了，让他有了外遇，也让他的生活充满了激情。他们第一次的时候吴晶就让他尽情享受到温顺、欢快、激情、燃烧，让他品味了各种情欲的兴奋之美，就像吴晶教他跳舞一样，引领着他一步一步向前、进入、翻腾，带着他在情欲的大海里游泳、跳跃、潜水，他们穿过平静海湾，历险惊涛骇浪，最终看到了绚丽彩虹。那一夜完毕之后，冯一宽自己哭了，他搂着一丝不挂的吴晶说：“我再也回不去了，你给了我男人最大的乐趣，我是男人，我不能品尝到了人世间最美好的东西就把它扔了。吴晶，你能答应我吗？我们常常在一起。”

吴晶顺从地点了点头。

从那以后吴晶有了这栋别墅的钥匙，多的时候她一周来二次，少的时候一周也要一次。吴晶也是个绝顶聪明的女人，她明白自己的状况，她万幸自己遇到了这个男人，他能把处在生活底层的自己拽上来，她一定要死死地抓住他，让他救自己。当然，吴晶在知道自己要什么的同时，更明白自己不能要什么。这么多年，吴晶只扮演一个顺从女人角色，她温柔似水，顺从像羊，忠诚如狗。她和冯一宽在一起就一个目的，让他快乐、发泄、尽兴。她从不提要求，她每一点所得都是冯一宽主动给她的，每一点得到她都感激万分。渐渐地他们谁也离不开谁了，别墅里不仅仅是他们快乐的欢场，还是他们另一个家，从中他们得到了家的温暖，家的稳定，他们像极了亲人。渐渐地冯一宽觉得要给这个女人更多关怀，她可是自己的亲人啊！终于又有一天，冯一宽对吴晶说：“你别去陪跳了，我把我们住建委隔壁的铺子盘了下来，你在那开一间文印社吧，别人来我们这里办事，肯定要复印、打字。我去过很多地方，住建委旁边都有文印，生意都很火，你在那开文印一定生意好的。”果不其然，吴晶开文印社第一个月就挣了10000元，是她陪跳的三倍。冯一宽总是教吴晶：该进台大图复印机了，吴晶就赶紧去买；冯一宽说该进台激光彩印机了，吴晶就赶紧去买；冯一宽说要进台图册装订机了，吴晶赶紧去买。冯一宽就这样每每到外地看到文印社开展什么新业务，他就回来复制，也让吴晶拓展什么新业务，使得吴晶的文印社在坪县总是业务最全的一家，质量最好的一家。当然，来找冯一宽办事的人也会总是听到：“去旁边复印资料。”很快，住建委第一股的其他工作人员也跟着学：“去旁边复印资料。”吴晶的文印社实在太方便了，质量太好了，慢慢地住建委其他股也不停地听到：“去旁边复印资料。”如今去旁边复印资料，打印文件就成了来住建委办事人的固定思维。

吴晶从此过上了富足人的生活。

吴晶渐渐地从冯一宽中品到了他的精明、远见和一种男人的坚强。她对冯一宽也不知不觉中从开始的需要，递进到佩服，进而有了情愫，进而有了爱。冯一宽也从与吴晶的交往中从开始的兴奋、惊奇，变成了习惯、应该、服从，进而成了命令、虐待，他就是要她叫唤、叫唤，他要从强暴和嘶叫中得到满足、刺激。所以如今在别墅里冯一宽会咬她、踢她，而吴晶总是呢喃着：“我爱你，我爱你呀。”

这一次吴晶真真切切感受到了好朋友刘莉的绝望，也想求冯一宽帮帮刘莉，但是一看到冯一宽的反对，她马上转变了态度，吴晶想想刘莉的优越感，顿时也顺应着冯一宽：“活该!”

冯一宽还没有反应过来：“你说谁活该?”

“刘莉。”吴晶马上回答。

冯一宽笑了，他轻轻地摸着吴晶的脸颊笑了，笑完之后，他还说了一句：“难怪我黏着你，就你聪明，刘莉活该!”

冯一宽和刘莉 10 年前就有交往了，但是谁也不知道 10 年前的那次见面，刘莉给了冯一宽强烈的印象，还在他内心深深地埋下了一颗种子。

那次，刘莉是跟着董事长王虹去看她们刚买下的土地，那个年头有钱人到坪县投资是一件天大的事情，王虹、刘莉她们被当成招商引资的贵宾。那时候，冯一宽还不是股长，只是一般的工作人员，他和工商局、税局等一些部门人员被叫到土地现场解释一些问题。

那天去的都是男人。

那是夏天，刘莉穿着一条 Versace 的粉色真丝无袖超短连衣裙，肩挎着褐红色 LV 包包，戴着一副 Prada 普拉达墨镜遮住半边脸，就在她抬手把墨镜刚刚摘下的那一瞬间，所有人都惊呆了，这种女人在坪县第一次看见，她是电视里的女人，太洋气了，太漂亮了，太优雅了。那一年刘莉 30 岁刚出头，她可真的是风姿绰约，楚楚动人。王虹 50 多岁了，在场的所有男人都把眼光集中在刘莉身上，她太精致了，太完美了，太超乎想象了。

“来，我给你们介绍，这是我们公司总经理刘莉。”王虹的话音刚落，“刷”的一下，六七双手一起伸到刘莉面前。刘莉笑了，她伸出一只手，俏皮地在他们每只手上轻轻地触拍了一下，在场的所有男人的心更被她挠了一下。

王虹又说：“以后刘莉在这里管这块土地的开发，你们可要帮帮她呀。”王虹的话，引来一片争先恐后的回应。

“我们上门办营业执照。”工商局的人说。

“税务登记证，半天帮你们办妥。”税务的人说。

“刘总，以后遇到什么困难，一定要说出来，我马上给你协调。”管招商的人说。

王虹和刘莉她们在那待的时间很短，冯一宽特别留意她们临走的时候，刘莉转身的那一刹那间的气势。只见刘莉的高跟鞋一蹬，腰一挺，眼睛看也不看他们一眼就转了过去，然后刘莉甩手就钻进了奔驰车，车子绝尘而去。

“这个女人，嘖，嘖，嘖……”有人赞叹。

“你们刚才看到了没有，她穿的裙子，只到大腿上，露出的大腿又长、又直。”另一个男人说。

“这种女人，我只在电视里看见。”还有人说。

但是，刘莉就是那个转身的动作，却在冯一宽心里狠狠地挖了一个深深的洞，他觉得这女人太气傲了，太高高在上了，冯一宽顿时产生一个让自己也吃惊的念头，有机会治治一下这个女人，那才叫一个“爽”呢！后来刘莉真的来到坪县做开发商，冯一宽的想法并没有消失，反而越来越强烈。再后来冯一宽升官了，当了股长，这地方还是官本位的思想占上风，开发商在官老爷面前就是一只苍蝇，他们根本不想去理睬你。这不，刘莉每每来办事已经是祈求的眼神，嘴里说出的也是哀求的语气，但是，这在冯一宽的心里远远不够的，如今他的要求更高了他想看到刘莉破产，特别想看到刘莉破产的那个完整的过程，那才是痛快呢。如今刘莉有大难了，太好了，他就要看到刘莉破产的那一天了，就要看到刘莉从痛苦到死亡挣扎的整个过程。

五

刘莉已经连续好几个夜晚都在酒吧里待到一两点钟才回家。张艳艳怕刘莉出事，陪着她去酒吧，也陪着住在刘莉家里。

她们已经一连去了五个晚上了，到了第六夜，张艳艳实在不想再去了，她就对刘莉说："刘总，今晚我们不去了，我们在家吧，我们在家看看电视，再煮点糖水喝，噢，煮腐竹牛奶炖鸡蛋，我来煮，我煮这很内行的。"

刘莉不肯，说："我在家心烦。"

张艳艳还在哄她："刘总，你先看一会电视，我这就去煮糖水，我们吃完糖水再去，没那么伤胃。"说着张艳艳就打开电视，转身到厨房煮糖水了。

刘莉躺在客厅沙发上，视线正好对着电视，电视机里正播放 CCTV《今日说法》节目，刘莉游离的视线渐渐被节目吸引了，她看着看着突然跑到厨房问张艳艳："住建委和房管所业务交集多不多？"

“好像不多。”张艳艳想了一会说。

“它们两个部门的人私下联系多不多?”刘莉接着追问。

“好像也不多。”张艳艳回答后，又不解地问道：“刘总，你问这干什么?”

刘莉看了看张艳艳，然后认真地说：“我想干一件从未干过的事情，你能保密吗?”

“啊，你要干什么?”张艳艳被刘莉吓住了。

刘莉再次盯着张艳艳，说：“我们贷款等不及了，我想 PS 一份住建委的批文。刚才电视节目讲的就是做假批文的事情，我也想这么干!”刘莉讲完之后满脸涨得通红，看得出来她是下了很大的决心的。

听完刘莉的话，张艳艳吓得倒退了一步：“刘总，这，这，这可是犯法的呀。”

“我们只做一份，我看电视了，别人做多才被发现，我们只做一次应该发现不了，而且它们两个部门联系又不多，应该可以蒙骗过去。”刘莉进一步说道。

“我们可是从未干过这种事情呀?”张艳艳还是担心。

“不然怎么办?还贷的日期马上到了，我也是被逼得没有办法呀。”刘莉无奈极了。

“是呀，怎么办?”张艳艳更加沮丧。

刘莉狠了狠心，说：“没别的办法了，只有这么干。你呢？”

张艳艳也狠了心，说：“你这么个大老板都不怕，我怕什么？我跟着你！”

说干就干，她们立即回公司，打开档案室柜子，翻阅住建委以前发给她们公司新泰大厦项目预售证出来扫描，分离公章，炮制文字，再把公章P到文字上，寻找与坪县住建委颁发的《坪县商品房预售许可证》相同纸张，后到彩色打印机输出，经过一整夜折腾，一份她们伪造的，可以以假乱真的，又符合刘莉她们要求的《坪县商品房预售许可证》就摆在她们面前。

刘莉、张艳艳两人静静地盯着这份《坪县商品房预售许可证》都不说话了，过往被捉弄，让她们无所适从的日子，今后又一重如泰山的危机，已经逼迫刘莉、张艳艳无可选择，她们已经没有丝毫的恐惧，她们必须坚定如铁。

刘莉双手捧着《坪县商品房预售许可证》认认真真地对张艳艳说：“艳艳，我们可是在犯法的，你知道吗？”

张艳艳用坚定的眼神，同样认认真真地回答刘莉：“我知道，可我们没有办法了，刘总，我们就这么干吧。”

刘莉更加坚定："好，就这么干！"说完刘莉从桌面上拿出一个崭新的透明公文袋，把她们炮制的那份《坪县商品房预售许可证》装进了袋子里面，最后对张艳艳说："如今我什么都不怕了，更不会喝酒做荒唐事情，我平静得很，你回家吧，不用到我家陪我了。我们现在干的事情很大，我明天还要带着这份东西到广州向董事长汇报。"

张艳艳望着刘莉点了点头，她们就各自离开了公司，当然刘莉、张艳艳都明白此时此刻的离开，和往日的离开已经完全不一样了。

刘莉回家只睡了两个小时，她要赶早上第一班高铁去广州向董事长王虹汇报。坪县到广州的高铁线是南广高铁，才刚刚开通了四个月。

王虹的家在广州番禺的高尚小区的一栋独栋别墅里，刘莉每月来一次王虹家向她汇报工作。

王虹已经把原来的别墅全部拆掉重新建筑，原来的两层半变成了三层，以前的三个小阳台变成三个大阳台，其中二楼客厅的阳台最有特色，有 20 多平方米，朝南，坐在阳台的藤椅上沐浴阳光，看着小区里的小溪、竹林、花草、曲桥，很是惬意。如今刘莉就坐在王虹对面的藤椅上说："董事长，我错了，我无能，可我真的做了种种努力，实在是没有办法了，才拿出这份假的批文给您看，如果要想有真的，我也不知道可不可以办得出来，如果真的可以办，也不知道要等多久，公司也等不及了，我才出此下策。”

听了刘莉的话，王虹没有吭声，她在盯着那份假批文思索，隔了好一会缓缓地讲：“刘莉呀，我们认识也有10多年了，你的能力，你的为人我一清二楚，你肯定是实在没路走了，才不得已而为之。”说到这里，王虹停了一会，然后她盯着刘莉，一只手还扶着刘莉的肩膀拍了拍，清楚又缓慢地说道：“刘莉，我支持你，而且如果今后事情爆发了，我承担所有的责任。你把一切都推到我的身上，所有的主意，所有的步骤，都是我指使你干的。我年纪大了，进去没什么，你年轻，有精力，把你留住了，还可以把公司重新弄好。”

王虹的话把刘莉吓了一大跳，她立马站起，双手伸出，语无伦次地：“董事长，董事长，这不关你的事，不关你的事呀，全是我的主意，我的主意……”

但是，王虹没等刘莉说完，就说：“你不用管了，就按我说的办。你另外输出一份交给住建委，这一份我用来签字。”说完，王虹就在那份假批文上写了几个大字：“此批文是王虹要求做的。”写完，她把签了字的假批文塞到刘莉的手上，又说：“你走吧，我累了。”

刘莉懵懵懂懂地拿着那份王虹签了字的假批文离开

了王虹的家，她一边踉踉跄跄地走，一边流着泪，她万万没想到董事长会是这样的态度，如此支持自己，如此保护自己。王虹越是这样，刘莉越自责，越无地自容。她太激动了，泪水越涌越多，后来她只好转身找了一个角落嚎啕大哭起来。

刘莉伤心透了，她一边哭，一边回想起自己和王虹合作以后的每一幕。她和王虹认识，王虹完全信任她，让她主持公司的一切业务，而且自己这些年她也没有辜负王虹的信任，把公司一点点地做强、做大起来。公司从一个楼盘，两个楼盘，三个楼盘，这 10 年中她一共建了六个楼盘，而在坪县和她们一起开的房地产公司，有拆了，有散了，有破产了，只有她这一个公司 10 年中完完整整地保存了下来，还发展了，壮大了。可为什么今天却要走到做假批文的地步呀？她想不通呀，她太恨自己了呀！于是她从心底里向天、向地发出了阵阵的呼唤：“菩萨呀，你救救我吧！上帝呀，你帮帮我吧！”

但是，刘莉叫天，天不应；叫地，地不灵。她捶着自己的脑袋，捶着自己的胸脯，继续流泪，继续哭泣。也不知道隔了多久，也不知道自己是如何离开，她竟然在蒙胧中上了地铁，转了高铁，回到了坪县，回到了自己的公司，跌在沙发上，倒头大睡起来了。

一个梦，飘了进来，这里是云端，这里是花海，云在下面，花在上面。云，是白中带有淡淡的蓝；花，是白中带有淡淡的红。白蓝色的云端在雾气中升腾，白红色的花海在艳丽中簇拥，刘莉自己化作一个精灵，在云端的雾气中沐浴，在花海的香甜中吸吮。刘莉的精灵一会飞舞，一会跳跃，一会醉卧，她在对自己说："太甜蜜了，太惬意了。"就在刘莉精灵忘乎所以，尽情陶醉的时候，一群精灵从远处飞了过来，它们在呼喊着："刘莉，刘莉，快去看呀，那边有只老精灵被绑着游街了，快去看吧。"刘莉精灵赶紧飞了过去，它真的看见一只年老的精灵被五花八门地捆绑着，艰难行走。它的身后还跟随着一帮武士精灵，它们在抽打它，在呵斥它："快说，你犯了什么罪，你快说，你要不停地说！"可怜的老精灵凄厉哭喊着："我是王虹，我欺骗政府，我制造假批文。我是王虹，我欺骗政府，我……"看到这情景，刘莉精灵如遭闪电霹雳，它大叫一声："啊！"瞬间，所有精灵四处爆裂。顿时，云端没了，花海没了。刹那间，梦境消失。

刘莉被惊醒了，刚才的梦境让她惊恐万状，瑟瑟颤抖，她觉得梦里的状况就是公司的未来，她不敢想象如果公司按照如今的思路继续把假批文交给坪县房管所以后被发现的情景，按照刘莉对董事长王虹的了解，一定会把全部的责任揽到自己身上，然后让刘莉设法挽救公司。刘莉不敢想象下去了，不敢触摸未来了，她忽然看到了一个万丈悬崖，忽然看到了一个骨牌效应：假批文、董事长、她和公司依次沦陷，依次化为灰烬，这是一个比任何结局更惨烈的结果！况且这连接着道德沦陷，信用危机，这会把她几十年的人生追求，全部的品德规范彻底、干净消灭殆尽。

此时此刻，一个声音在她心底流出："自由美好的生活，只有靠你自己努力创造，而绝不是靠旁门左道。在遇到灾难的时候，只有面对它，才能最好的消除它，乃至战胜它。一切最精巧的投机，都是苍白无力的，它只会给你带来更多的灾难。"

这个声音给刘莉指明了方向，她顿时有了力量，有了正确的思想，有了坚定的信心。刘莉把那份伪造的，董事长王虹已经签了字的住建委假批文，塞进了碎纸机，一秒钟的开动，就让它变成一堆灰白色的纸碎。刘莉又去电脑里调出那份假批文的文件后，刘莉自己亲自移动鼠标，点在了删除键上，把这份伪造的假批文彻底删除。

这一切做完了，刘莉顿时轻松百倍，就像钻出茧壳的蝴蝶，得到了崭新的重生。

重生后的刘莉有了灵感，也有了干劲，她把新泰大厦所有的图纸都铺在地上，自己爬在上面一点一滴，认认真真研究，她希望从中发现可以办理那间小商铺预售批文的玄机。她看着，想着，想着，看着，终于刘莉想到了一个关键的问题，消防。住建委不给这间新增加的小商铺办理预售批文，问题的关键在于消防，如果能够证明到新增铺位仍旧符合消防规范，那么一切问题就可以解决了。对于新泰大厦的消防规范，刘莉有十足的信心，因为当初审图会议，刘莉参加了。会议上就有人问到新泰大厦的消防设计，结果设计工程师马上回答："新泰大厦的消防参数，比国家最严格的规定还多出一倍的数据。比如一楼的疏散通道，国家规定一层2000平方米的商业大厦要有三个疏散通道，其中主出口不得少于3.2米。如今，新泰大厦不仅有三个疏散通道，主出口的宽度足足有16米。"刘莉想到如果这次除去新增加的小商铺门口4米，主出口还有12米，比国家规定的还多出4米，足足有一倍的宽余。

刘莉想到这里整个人跳了起来，她还不停高喊着："公司有救了，我们公司有救了，新增商铺的预售证可以办出来了！"

六

黎明前，刘莉伫立窗前看日出。

太阳还没有出来，只在远处的山间中露出一丝丝光茫，天边有了一小片的红云，接着天边射出更多的红光，于是山那边红云变成红霞，射出了万道霞光，照红还在沉睡的山峦。突然，一个耀眼的火球奔跳了出来，太阳出来了，整个天空满满的红霞，初升的太阳照出一个红彤彤，光灿灿的东方世界。

“太阳每天都是新的，我每天也都是新的。”刘莉看着日出，欢喜地说着，她已经从里到外换了一个崭新的自己。

刘莉的家东面有一整面落地窗，面对着远处山峦，没有晨雾的日子，刘莉在家能看到旭日东升。昨天半夜，刘莉回到家根本无法入睡，她太激动了，脑子里不停闪烁各种各样喜悦沸腾的信号，红酒、宴席、派对、礼服、化妆、讲话等等，诸如此类的东西一堆一堆地涌进她的脑子里，后来她索性起来等日出、看日出，觉得此时此刻最符合她心情的举动，就是等日出、看日出。刘莉太兴奋了，她一刻也不愿耽搁，她要6点洗漱完毕，要在8点钟一上班，就赶到100公里外的地级市——章港市消防局，她要去那报批新增加铺位后的消防合格批文。这一夜，刘莉能安然入睡吗？她的内心能不蹦蹦跳跳、满心激动吗？

章港市消防局接待刘莉的是防火处的宋处长，他一身笔挺橄榄绿军装，40岁出头，个子不高，圆圆的脸，微胖。宋处长中校军衔，肩上两颗星。刘莉以前和他不认识，可不知道为什么，刘莉就是觉得眼前这位军官，有“人民的子弟兵”感觉，正直、亲切。

“宋处长，一大早就来麻烦您。”刘莉说。

“什么麻烦？我们就是服务。您什么事？”宋处长还真是个让人感到亲切的军官。

“我叫刘莉，是坪县泰安房地产公司的总经理，我们公司新泰大厦的消防是在您这报设计的，现在我们要在一楼门口处增加一间30平方米的商铺。”说着刘莉打开带来的图纸，并且用手在图纸上指着新增加商铺的地方给宋处长看。

宋处长看着图纸，马上打开电脑，调出新泰大厦的档案，他说：“这是两年前报审的，那时我还没有来，是我的前任戴处长管，他去年转业了。”

刘莉马上接着说：“对，对，当初是戴处长，那您现在帮我们看看新增加商铺合符消防规范吗?”

宋处长一边看，一边在电脑上测量数据，他说：“刘总，在电脑上看你们是符合消防规范的，但是我们还要到现场测量。这样，我们委托坪县消防大队去现场测量，那是我们的下级单位，如果他们现场测量后，也认为新增加的商铺不影响消防安全布局，我让他们直接出意见。”

“好，太好了。”刘莉太高兴了，一切和她想象的一样。

正当刘莉兴高采烈的时候，宋处长已经拨通坪县消防大队洪大队长的电话，他在电话里交代洪大队长现场测量的事宜，最后宋处长还把洪大队长的电话给了刘莉，让她直接和洪大队长对接。等一切安排妥当后，宋处长又把刘莉送出门口。

刘莉立即马不停蹄地开车回坪县，来到县消防大队，见到洪大队长。洪大队长三十七八岁，近一米八的个子，国字脸，穿着崭新合体的军装，加上站如松，行如风的标准军姿，和他那肩上少校的军衔，让他更显坚毅。

“您是洪大队长?”刘莉一看见眼前的这位军官，觉得他眼里充满智慧，刘莉认定他就是这里的最高长官。

“我是，您是刘总吧，宋处长在电话里已经把你们公司的情况说了。刘总，我们先说清楚，我们要到现场查看，符合要求我们就批，不符合要求我们是不能批的，您也不要求我，求我也没用，军人是以执行规定为天职的，希望您理解。”洪大队长一脸的正气。

刘莉赶紧说：“理解，理解。”

洪大队长做事雷厉风行，马上带着两个参谋就和刘莉到了新泰大厦现场，拿着钢尺，红外线面积测量仪勘察、计算起来。忙乎好一阵子，他又和参谋们低语商量后对刘莉说：“刘总，您明天来拿结果吧。”

刘莉看着洪大队长的脸，好像是明朗的，她也就胆子大了起来，但还是小心翼翼地问：“洪大队长，我们情况如何?”

洪大队长笑了笑，说：“情况还是不错的。不过我们回去还要做进一步核算，并报上级备案，才能给你结果。”

听到这里刘莉欢天喜地，当场跳了起来，惹得洪大队长和两位参谋都一起笑了。

第二天下午，刘莉就拿到坪县消防大队在她们公司申请报告上的批示：

新泰大厦一层新增加一间30平方米的铺位，（附一设计图纸），符合消防安全规范。

刘莉手捧着这份批示喜极而泣，泪水不断从刘莉的眼里流出，她经受了太多的委屈，太多的艰难，太多的迷茫，和极度的错位了。一下子这些委屈、艰难、迷茫、错位，统统都远离她而去，重新让她回归了从前理性、骄傲、与人平等的自己。她太激动了，激动得无法言语，只好任凭幸福的泪水汩汩流出，汩汩流出……

张艳艳知道了，同样是泪流满面。

王虹听说了，照样是泪流满面。

公司的所有员工，都浸泡在无比欢乐，不是节日，胜似节日的气氛里。

看到这份批示，张艳艳特别有信心，她觉得今后办理莫远道那间新增调换的小商铺预售批文，一切都会变得顺理成章了，即便是有麻烦，也应该是些时间上的难点，是早一天办成，和晚一天办成的事情。而且她想凭着自己的办事能力，应该会为公司争取到最短办成批文的结果，所以她自告奋勇申请："刘总，我和住建委的人都很熟，新增调换商铺的批文的事交给我去办吧，如今有了这份消防批示应该容易办理了，我一定会用最短的时间把它办成。"

刘莉想想也是如此，加上自己还有一堆事情，自然十分高兴张艳艳的请缨，当然她忘不了交代一句：“这可是你自己立下的军令状，你可要把事情办好，别给你，也别给我丢脸。当然，批文的事情到这一步按道理是比较简单了，但是我们也要预防万一，遇到事情要冷静，要多想办法，我相信你，一定会把事情办好的。”

张艳艳就这样独自接过了办理莫远道那间新调换小商铺，办理预售批文的事情。

接过事情当天晚上，张艳艳就在家里做准备工作。她首先把要办的事情梳理了一遍，列出了办理事情的顺序申请：一，找住建委主管预售报建的第一股股长冯一宽；二，找住建委主管第一股第二股股长洪方；三，设法让住建委尽快颁发批文。梳理完之后把要办事的资料准备好，一切就绪之后，张艳艳又走到一面镜子面前，设想她和住建委第一股股长冯一宽的一番对话：

张艳艳要先夸人，再稍微谦卑一点点，她知道不管她多么有理，她永远是求人办事，她必须先让人高兴，把他忽悠晕了，自己再谦卑，让他骄傲，让他觉得自己高明，然后再拿出批示，请他办事。为此张艳艳准备了一些关键的语句，好在合适的时候作为点睛之句。比如：

张艳艳准备第一句：“冯股，好久不见了，您又变帅了，如今都成了大帅哥了。”

张艳艳准备第二句：“你们谁也没有冯股聪明，就他见多识广，就他说得对！”

张艳艳准备第三句：“冯股，我们增加商铺的事情，给您添麻烦了，让您费心了。县消防大队受章港市消防局防火处的委托，对我们新增商铺现场做了检查，觉得我们还是符合消防要求的，给我们做了批示。您看，除了这些文件，我们还要准备什么文件?”张艳艳在这一句的关键字上还做了标识，觉得到时轻音说出来，会更显谦卑一些。

第二天一早，张艳艳穿了浅蓝色的连衣裙，她不化浓妆，只化了一个淡淡的妆，稍显妩媚出门了。

住建委早上 8 点上班，张艳艳怕有的官员会一早下乡，她 7 点多就在住建委门口等人了，过了一个小时，快 9 点了，她总算看到冯一宽来上班了。她看到冯一宽后，没有立即和他打招呼，只是对他微微地一笑算是打招呼了。张艳艳也没有马上跟冯一宽进办公室，她知道冯一宽刚刚吃过早餐，要让他泡上一杯茶，呡上两口，然后瞄两眼报纸，再让他打三两个要紧的电话后，这时候去打扰他会好些。所以等过了半小时之后，张艳艳觉得时候差不多了，才走进冯一宽的办公室。冯一宽今天打了条领带，深红色的，很耀眼。

张艳艳马上从领带开始夸赞：“冯股，您的领带很称您，很好看。现在大人物、有身份的男人都喜欢打红领带，我们习大大是，奥巴马是，普京也是。”

听到张艳艳这么一说，冯一宽真的高兴，他“嘿嘿，嘿嘿”地笑了起来，笑起来的两边嘴角几乎咧到了耳朵上了。

张艳艳继续夸：“冯股，您这一段是保养得好呢，还是锻炼得好呀，怎么见您越来越年轻，越来越帅了，都成了大帅哥了。”

第一股的其他人员也跟着拍冯一宽的马屁，一个30多岁的男人说：“是呀，我也觉得股长近来气色好，是显年轻了。”

“对，对，对，我也觉得。”还有人附和。

张艳艳心里暗自高兴。再看看冯一宽，他脸上笑成了一朵花，接着又一朵花。张艳艳更高兴了，她知道自己这个马屁可是拍对了，拍响了。

张艳艳当然乘胜追击，她要把马屁拍得更响，更有分量，就把话题拉到热门话题上去了：“你们最近觉不觉郁闷？”

有人问：“为什么？”

张艳艳马上引导：“星光大道停播了。”

这一说开炸了，马上七嘴八舌：

等大家你一句，我一句地说了一阵之后，冯一宽示意大家静一静，大家马上安静下了，他就说：“不要说什么私人场合，同样的内容，说的人不一样。比如，邻居张三说×××好战，跟奥巴马说出来是一个效果吗？”

张艳艳立即站起大声说到：“精辟，太精辟了！冯股，您太有学问了，您是学者型的官员，您不仅知识面广，而且观点深刻。冯股，您太有学识，太聪明了。”说到这里张艳艳自己脸都红起来，她不好意思再说下去了。

谁想到还是有人接茬，一个年轻一点的声音说：“我们冯股就是有水平，每次都是总结性发言，而且他的观点都是新颖、精辟、独到的。”

一个老一点的声音说：“冯股是这样，是这样。”

再看看冯一宽，他太享受这样的气氛了，正闭着双眼陶醉地听大家你一言，我一语。

看着冯一宽松弛、陶醉的样子，张艳艳觉得火候到了，该她说正事的时候了。张艳艳走到冯一宽身边，小声地叫到：“冯股，冯股。”

冯一宽听到张艳艳叫唤，慢慢睁开眼睛，然后鼻音浓重地哼了一声：“什么事？”

张艳艳小心翼翼地：“冯股，我们公司还有件事情请教您。”

一听到张艳艳说到公司的事情，冯一宽立即清醒，他瞬间把眼睛睁得老大，还说："是你们公司新增一间小商铺的事情？那事办不了的，你死心吧。隔了这么久，我还以为你们公司早就死心了。"

张艳艳心里一惊，顿时慌了手脚，但是又想到自己手头上已经有了消防大队的批示，马上又镇定了下来。她说："冯股，我们新增商铺已经通过消防大队的安全检查了，他们还在我们的申请书做了批示。您看看。"说完张艳艳立即把那份报告批示双手递了过去。说这段话的时候，张艳艳她紧张得要命，早就忘了应该在哪里用重音，哪里用轻音了。

冯一宽听张艳艳这么一说，抬眼看了她一眼，然后一字一字盯着那份报告批示看，看了好一会，他才抬起头，一脸严厉，和刚才他那副享受、陶醉的表情相比，完全是换了个人。冯一宽用手指弹了弹张艳艳交给他的那份报告说："张小姐，你是有这份消防批示，可那只是说消防，我们是什么，我们是规划，规划，你懂吗？你规划没有同意，白搭。"

张艳艳急了："冯股，我们没有违反规划呀，我们新泰大厦原来的一层全都是商场，我新增的商铺也是商业用途，我没有改用途，没有变成住宅，办公等等呀？"

冯一宽不耐烦了："你们多隔出了一间商铺，这就要报规划，懂吗？！"说完，冯一宽用力把张艳艳给他的那份报告批示，甩到张艳艳的面前。

张艳艳脸“刷”的一下惨白，整个人还颤抖了几下，她后来用力扶着桌子，才让自己没有倒下。张艳艳努力让自己平静，努力压着心中的怒火，她还是用哀求的语气问道：“冯股，那我们现在该怎么办？是带着这份批示向您这第一股打报告申请吗？”

冯一宽的语气更难听了：“我不知道，你们别打报告到我这里来，我从没有批过30平方米的小商铺，定了的规划，又要改，谁帮你们改！要是其他人也像你们这样，还要我们干什么？简直无法无天！”

其他人也在帮腔：“是呀，不行的，要规划，你回去吧。”

张艳艳崩溃了。

张艳艳跌跌撞撞走出第一股，走出住建委，脑子里就剩下“规划，规划”几个字，她不敢回公司了，她在刘莉那立了军令状，说了大话，她怎么有脸回到公司？回去对刘莉说：“刘总，事，我办不成啦？”她不能说呀，公司的人都等着她的捷报，她现在回去报丧？她一个人倒也算了，公司怎么办呀？眼看着贷款到期，眼看着还不了贷款公司要被划入黑名单的呀？怎么办呀？公司怎么办呀？张艳艳就是这样满脑子的糊涂，满脑子的忧虑，回到家里，回到自己的房间，跌倒在床上，她就不省人事了。

黑黑的洞，还是黑黑的洞，洞里没有一丝的光明，全是伸手不见五指黑暗。张艳艳已经被困在黑洞里三天了，她滴水未进，趴在黑洞里，她尝试过大喊大叫，就是没有人听得见。她尝试过把舌头舔在黑洞的石壁上，想吮吸到一滴水珠，就是没有呼吸到一点点的潮气。这几天张艳艳把无数的自救方法都想尽了，都是走投无路。如今静静等待死亡，也静静祈祷奇迹的到来。

突然间，一片呼啸声音掠过张艳艳的上头飞过，它们应该是一群飞虎，能够在黑暗里定位飞翔。这一群黑色的精灵给张艳艳带来了希望，她想沿着生灵的轨迹运动，总好过趴在这里等死。于是张艳艳朝着飞虎的声音努力爬行，她紧贴着黑洞地面向上、向下、转弯，经过了无数次磕碰，张艳艳终于看到了点点光亮，隐隐约约听到了人的声音。她奋力大喊："救命，救命!"有人向她走来，把她背起，带到点着许多火把的山洞大厅里，给她水喝，给她饭吃，让她洗澡，让她换衣服，最后还有人领着她到了一间洞穴卧室，让她睡在一张暖暖的大床上。这一觉睡得真美，张艳艳足足睡了 12 个小时，等她醒来的时候已经是她在山洞里过了整整 5 天了，她要回家，要离开眼前这个见不到太阳的黑山洞。

就在张艳艳要离开洞穴卧室的时候，有一个穿着白色毛巾睡衣的男人进来了，把张艳艳堵住了门口。张艳艳抬头一看，“啊!”地大叫了一声，然后就瘫在大床上。

来的人是冯一宽，他就是这山洞的老大，洞里的一切都是他的，洞里的人都是他的手下。当张艳艳知道这些后肺都气炸了，她想用头撞洞墙一死了之。却被冯一宽一把抓住，他在那里大骂：“想死？没那么容易，我不会让你死的！张艳艳，你听着，你长得风骚，我冯一宽暗中想你，想你想到我蛋疼！可我决不强迫你，我要你自愿和我睡，自愿!”说完他就叫两个老妈子守着张艳艳，自己摔门出去了。

张艳艳嚎陶大哭，她没有办法自残，那两个老妈子把她守得死死的，只要她稍微有点动作，就把她拽住。张艳艳绝食，两天了她滴水不沾，粒米未食。那两老妈子急了，就跑到冯一宽那告状，问怎么办？

冯一宽把她们臭骂了一顿：“怕什么？这种人见多了，今天不吃，过两天就会吃了，饿不死她!”

第三天过去了，张艳艳还是什么都不吃，第四天过去了，张艳艳还是什么也没吃。张艳艳一心就是想死，硬顶着什么都不肯进嘴。第五天了，这天下午冯一宽走了进来，他说道：“你还不情愿和我睡?”

张艳艳破口大骂：“你死了这条心吧，我就是死了也不干!”

冯一宽笑了，他笑得阴险毒辣，他说："你不情愿？好，明天一早我就把你送给这里的所有男人，我这里有50个男人，他们可是如狼似虎，你自己考虑吧，就半天时间，半天。"说完，他眯着眼睛看张艳艳，吹着口哨，斜颠着身子走了。

冯一宽走了，留下了一片寂静。

张艳艳不哭不闹了，她在评估这坏男人说的话，她相信冯一宽说得出，做得出，她可怎么办呀？一头是冯一宽，一头是50个男人，死又死不了，活又活得生不如死，她恨透自己了，怎么会落到这种地步，被冯一宽玩弄于掌股之间。但是现在不管怎样的恨，怎样的怨，她都必须做出选择，两边都是罄竹难书的侮辱，她走往哪一头呀？选被50个男人起码她还留下铮铮的骨气，但是，但是，那又是怎样的侮辱和撕裂呀？算了，算了，闭着眼睛和冯一宽睡觉吧，仅仅想到这里，她的心已经被刀子割成一条条血淋淋的细细长条。她的选择一会左，一会右，她踌躇了半天，心仍旧是跌入万丈深渊，只是直线坠落，没有偏左，更没有偏右。天呀，让我脑洞大开吧，让我做出选择吧，哪怕是愚蠢的抉择，但是没有，没有，她把选择扔上了天空，天空又把选择抛回给她自己，最后她终于明白了，她根本无法选择，她只好交给时间，谁先来，就跟谁走，谁先拿，就让他拿吧。

就在张艳艳想到这里的时候，冯一宽进来了，他倚着门看着张艳艳说：“怎样，美女，想好了吗？……”

还没有等他说完，张艳艳拿起身边的枕头用力朝冯一宽砸了过去。事前张艳艳虽然想好让自己的选择交给时间，但是她一看到冯一宽就怒火万丈，就忍不住要激烈对抗，她一边砸，一边还破口大骂：“畜生，王八蛋，滚，滚出去！”

冯一宽呢，也没有像他自己说的那样要等到张艳艳自愿，他一把拨开张艳艳砸过来的枕头，一个鱼跃就扑过去，把张艳艳压住。张艳艳瞬间窒息，瞬间死亡，完全没有了意识，完全没有了力量，她就是一具尸体躺在那里任由冯一宽蹂躏，任由冯一宽摆弄。

冯一宽完全就是一头发情的狮子，这些年对张艳艳的狂想，包括对刘莉的嫉恨，甚至他对一切美丽女人的意念，都汇成了此时此刻的兽性，他要用自己一切的力量摧毁张艳艳，碾压张艳艳，他要在张艳艳这种精英女人身上深深打下自己的烙印，要她们从高高在上的公主，变成奴仆，变成一只听话的小母狗。为此他越来越癫狂，越来越力大无穷，越来越离开了人的理性，把张艳艳往死里摧残，他捶她、掐她、咬她、扇她，种种暴力把张艳艳打晕了，打醒了，又打晕了，等到他一切精力发泄完毕，他也疲惫不堪的时候，张艳艳早已满身伤痕累累，到处青一块，紫一块，昏死在那里。看着张艳艳被自己糟蹋得像一条死鱼，赤条条地躺在那里一动不动，冯一宽过去那嫉愤内心得到了极大的满足，他对着赤裸裸的张艳艳发出一阵阵仰天狂笑。

冯一宽的狂笑犹如无数根针灸的针头，同时刺入张艳艳的无数个穴位，无数处穴位揪心的剧痛，又强烈刺激张艳艳的大脑神经，它们让神经系统细胞重新排列，重新激活。顿时，张艳艳的全身的神经在弹跳，心脏在跳动，血液在奔跑，张艳艳血压的汞点回到正常，脉搏的张力有了，体温有了，意识有了，张艳艳慢慢睁开了双眼，她这才结束了一场坠入在十八层地狱的噩梦，弹出了黑洞，回到了人间。

七

冯一宽这一夜在别墅里和吴晶在一起，此时此刻他太需要吴晶的陪伴了。

白天在办公室居然敢把张艳艳的申请否了，他十分清楚张艳艳的申请是合理的，泰新大厦群楼的三层早已经规划为商业用途，如今她们公司要割出一间小商铺，关键点就是消防，如果符合消防安全规范，他，也就是住建委的第一股就应该给张艳艳走程序办理预售批文的。何况他自己明明知道泰新大厦的安全系数比国家规定的设计系数还要大，可他还是把张艳艳给否定了，让她回去，不给她办。冯一宽太明白这是自己在利用手中的权力给刘莉，给张艳艳，设阻力，穿小鞋。想到这里冯一宽心里多多少少有一丁点不舒服，所以今夜他把吴晶叫来，他要她给他温存，他要她给他发泄，他还要和她说说话，他要她抚平自己内心深处那一丁点的不舒服。

他们一整夜相处，吴晶太温存了，太好了。

吴晶早早来到，先把房间的空调温度调到合适，再把浴缸的水温调好，放满，冯一宽一到，她立即朝他浅浅的一笑，又迎上去，帮他脱衣服，然后手拖着他一起走进浴缸。在浴缸里，他就是随意打开四肢，头靠着浴缸边躺着，任由吴晶拿着带水的毛巾给他洗头、洗脸、洗上身、洗下身，洗的时候他还不时地掐她一下这里，咬她一下那里。吴晶也不叫疼，只是“嘿，嘿!”地笑着。她一边给他洗，一边还要亲吻他的嘴唇，抚摸他的脚趾，含吮他的乳头，软刮他的下身。冯一宽的情欲就这样被吴晶彻底地挑逗了起来，他吻着她，他抚摸着她，她迎着他，她合着他。发泄完了，吴晶仍旧任由冯一宽压着自己，让他在她身上喘气、休息、闭目养神，隔了好一阵子，让他把气彻底舒缓了，吴晶才把冯一宽轻轻推开，自己先出了浴缸。吴晶在床上铺好干干爽爽的大毛巾，再回头把冯一宽弄到铺了毛巾位置的床上，给他仔细擦干，接着又把他翻了个身，让他翻到干净的床单上，给他盖上被子，让他舒舒服服地睡了。做完这一切，吴晶这才自己擦干身体，走近床边，看着已经安睡的冯一宽，她微微地笑了，她也钻进被子里，像只小猫似的蜷缩在冯一宽的怀里。这时候冯一宽才咕噜了一声：“洗完了?”她紧了紧身体，算是回答，两人就美美地睡了。

睡好了，冯一宽睁开了双眼，看着还蜷缩在自己怀里的吴晶还香香地睡着，他一脸的甜蜜，仔细看着吴晶。她弯弯的眉毛很舒展，长长的睫毛顺从地耷拉在眼睑上，白白的鹅蛋圆脸，就是乖乖的一个睡美人，多美呀。看到这里冯一宽再也忍不住了，他把她摇了摇，她惺忪地睁开了眼睛，他马上压了上去，说："我还要。"说完就又干了起来。他们又是一身的水，一身的汗，一身的黏糊，他们喘着大气瘫在了床上。好一阵子吴晶才稍微缓过劲来，她又起来了，还拿着毛巾帮冯一宽擦拭身体，一边擦，还一边帮他按摩。她深怕把冯一宽给累坏了，有点责备地说："最近你都说肾不好，干吗还要两次?"

"还不是给张艳艳气的? 我要发泄一下。"冯一宽说。冯一宽自从和吴晶一起之后，就把吴晶当做自己的精神伴侣，他什么事都对她说。

"张艳艳? 刘莉公司的那个张艳艳?"吴晶不解地问道。

"不是她，是谁?"冯一宽没好气地说。

"她怎么会气到你，一个丫头片子?"吴晶更不解了。

冯一宽说："她，今早来到我办公室，还带着份符合消防安全申请报告的批示来，找我办那间新增的小商铺预售批文，我干吗给她办，我干吗批给她？”

吴晶明白了，她说：“我知道了，你气的是他们搞了那份消防批示来，本来理所当然不批的事情，让她们多多少少占了一些理了。你怕什么？不批，就是不批！你别看我以前和刘莉是好朋友，可自从你说了对她的感觉后，我也觉得这女人命太好了，凭什么她长得好，还受了良好的教育，还有那么多钱？看到她高高在上的样子，我就来气，就想治治她，给她好受的。你干得好，找个理由把她顶回去。”

吴晶说到冯一宽的心坎上了，他继续说：“找了，我说她们没有规划。”

“太对了，这个理由比天都大！”吴晶立马称赞。

“理由是说对了，可心里总是有那么一点不舒服。”冯一宽还在说。

“行了，这已经够她们受的啦。不想它啦，来，我给你刮刮痧，刮去一些毒气，你会顺气些的。”吴晶不想冯一宽老想这件事，就起身从床头柜的抽屉里拿出一块专门刮痧的牛角片，沾了点花生油，跪在冯一宽旁边，在他的后背上，一上一下地帮他刮起痧来。每次冯一宽遇到不顺心的事情，或者一些感冒，头疼脑热的，吴晶就会帮他刮刮痧，常常也还真的能给冯一宽舒缓一些的。刮了好一阵子，冯一宽的脊梁骨两边慢慢渗出两条长长的紫红色印子，也就是刮出痧来了，吴晶这才停下来，又给冯一宽背后涂了一层薄薄的润肤油，还从柜子里另外拿了一条干爽的毛巾给他盖上，再盖上被子，她要让冯一宽安安静静地再睡上一觉。把这些都弄清楚后，吴晶就跑到厨房去忙起来了，等冯一宽再次醒来的时候，吴晶已经笑吟吟地端了一碗用黄芪、杞子、红枣、桂圆，里面还有少许糯米，两个鸡蛋煮的糖水，放在冯一宽面前，冯一宽就大口大口地吃了起来。经过这么一夜，冯一宽那一丁点的烦恼早已飘到九霄云外去了。

再说说张艳艳，噩梦醒了，却又陷入到了更痛的现实噩梦。

“怎么办？怎么办？”张艳艳不停地问自己。她非常的清楚，公司的事，就是她的事，她就想把它办好、办成。如今这件新增商铺办批文的事，办成了，商铺可以预售，属于她的提成就有5万，而且这些年公司给了她极大的发展空间，自己各个方面的素质都有了极大的提升，还有了可观的收入，这些年的同学聚会，她成了最被羡慕的对象。如今公司办理商铺批文的事情，她完全无法把自己的得失抽离了出去，因为批文连接着移动的付款，付款又牵连着公司的还贷，还不了贷款，公司也就没了。怎么办呀？张艳艳把手头办理批文的资料都铺在自己面前，她分析整件事情的经过，办事的节点，她认为这件事情只要通过三个节点就办成了。第一个节点是消防批示，现已经拿到；第二个节点就在冯一宽那儿，如今卡壳；第三个节点是住建委领导签字，一般来讲领导看见主管部门都已经批了，正常情况下都是批准的。因此这件事情的关键的关键就是冯一宽了。想到这里张艳艳不尽咬牙切齿地连续大骂：

“冯一宽，冯一宽，你王八蛋，王八蛋！”

“冯一宽，冯一宽，你断子绝孙，断子绝孙！”

骂是骂了，骂解决不了问题呀？要解决问题还得围绕冯一宽想办法。给钱？自从国家从严反贪后公职人员都变得廉洁了，给钱这条路看来是行不通的。如何让冯一宽改变主意，帮自己公司办理批文呢？还是只有收买冯一宽一条路。钱，收买行不通，只有情感收买了。想到这里张艳艳自己吓了一跳，那不是回到了刚才那个噩梦当中了吗？这是决不可能的！自己在梦里都否决了的事情，到了现实的生活中更是干净利落地否定！

“但是呀，怎么办呢？”张艳艳闭目苦想。

这个天呀，高高在上，它怎么知道我在干什么？这个地呀，它不通言语，又怎么知道我在干什么？要不咱们点到为止，我只是把他弄到心猿意马，充满臆想的时候就设法拿下批文？这个老色鬼容易办，他每次见到自己的时候眼睛里就隐藏着色气，他不肯给我办批文不就是想压我就范，我就利用他这一点给他一点点的臆想，把批文的事情给办啦？当然一定要掌握火候，可不能把自己给毁了。张艳艳又想凭借自己的绝顶聪明，掌握火候是没有问题的。对，不进虎穴焉得虎崽？我就进一次虎穴，把虎崽给掏出来。想到这里张艳艳热血沸腾，她说干就干，她立刻给冯一宽打电话，约他夜里喝咖啡。

“冯股，今晚有空吗？我请您喝咖啡好吗？”一个嗲嗲的女声飘入冯一宽的耳朵里。

冯一宽吓了一跳，他看来电显示明明是张艳艳，怎么电话里是个风骚女人的声音？他怕诈骗，现在的骗子可是手法百出。他警惕地问：“你是谁？”

电话那头仍旧是嗲嗲的女声：“哎呀，冯股，怎么连我的电话都不保存呀？我，张艳艳呀。”

“你，真的是张艳艳？怎么这声音？”冯一宽将信将疑。

张艳艳忍不住笑了，她用回自己正常的语气说：“冯股，是我，我约您喝咖啡，这是件浪漫的事情，当然用浪漫的声音给您说电话啦。”

冯一宽这才真正确认是张艳艳给他打电话，张艳艳可是从未约过他喝咖啡的美女，他自然应从：“哎呀，你可把我吓死了，喝咖啡？好，好，咱们去哪里？”

“冯股，您定呀。”电话那头又是嗲嗲的声音。

冯一宽这回听得舒服透了，他立刻想好了地方，他还把时间定下了：“8点，浪漫之夜。”

“好，8点，浪漫之夜。”张艳艳窃喜，鱼儿上钩了。

浪漫之夜是坪县最好、最大的咖啡店，它在县郊外的一岭坡上，僻静、典雅，它有一半的座位在室内，一半的座位在室外，夜里室外只是吊着一串串简单的小瓦彩灯，让座位里的人面有点暗，很有想象感。浪漫之夜的背景音乐很好，一曲曲甜甜的华尔兹撩人心弦，让人想恋爱，让人想亲密拥抱。

冯一宽很有礼貌，提早10分钟到了咖啡店，他挑选了室外僻静角落，又能看见来人的位置坐下，等待着张艳艳的到来。张艳艳来了，她在8点10分到，迟到了10分钟，这在一个女人赴约来说是很有味道的，迟到一点点，有点矫情，又不失过分。

张艳艳一踏进浪漫之夜，冯一宽就看见她的身影，她身上闪着点光，点光勾出她身上凹凹凸凸的曲线，她带着夜来香的味道走近了冯一宽。今夜里张艳艳太会穿了，一条薄薄的，长到脚跟的，又闪着光的黑色真丝吊带裙，松松垮垮地挂在双肩上，她空空地穿着，露出了诱人的乳沟，又在薄薄衣下若隐若现两个凸凸活活的尖点。还有她那背部的顺滑线条，那两条大长腿，都在薄薄的真丝下，活灵活现地招惹着男人的目光。她灵动、香气、美丽、还散出十足的肉欲，她就是一只性感挠人的野猫。

一看见张艳艳，冯一宽就想贴着她，就想搂着她，他说："我们跳舞吧？"

张艳艳笑了，小声又嗲嗲地说："先喝一点咖啡，夜里的情调最适合喝咖啡了。冯股，您点了什么？"

"我就点了茶。"冯一宽说。

张艳艳就帮他点了："谁这时喝茶呀，来，两杯咖啡，两杯卡布奇诺。"她的声音还嗲嗲的。

冯一宽傻笑地看着她："好，好，喝咖啡，喝咖啡。"

很快服务员把两杯卡布奇诺端到他们面前，一杯给了冯一宽，另一杯给了张艳艳。张艳艳优雅地用手拿着小勺子，搅动杯中的咖啡，然后轻轻地抿了一口，说："不错。"

接着张艳艳又问冯一宽："你知道卡布奇诺咖啡吗？"

冯一宽摇摇头。

张艳艳慢慢地说道："卡布奇诺，它是意大利一种咖啡，用意大利特浓咖啡和蒸汽泡沫牛奶搅和在一起的咖啡。做成的咖啡颜色就像意大利卡布奇诺教会里的修士，在深褐色的外衣上盖上一条头巾，卡布奇诺咖啡就这样得名。”

冯一宽应付地回答：“哦，是这样。”

冯一宽还是想跳舞，想搂着张艳艳。他站了起来，走到张艳艳的旁边，把手伸向张艳艳说：“我们跳舞吧。”

张艳艳再也不好回绝，就只好把手搭在冯一宽的手上，两人走了出去，冯一宽把手扣在张艳艳的腰上，两人跳起了慢四。张艳艳的真丝吊带裙很薄很薄，薄得就像一层透透的蝉衣，冯一宽的手搂着张艳艳，就像摸到了肉，摸到了裸体，加上张艳艳的体香，加上张艳艳的细细吊带裙透出的乳沟，还有那两颗凸凸活活的乳点，让冯一宽搂着张艳艳的手越搂越紧，他的胸也越贴越近，他就恨不得紧紧地压住两颗活凸凸的乳点，把它们压扁，把它们压出乳汁来。

音乐还在走，两人的步子还在移，冯一宽的手把张艳艳死死地嵌住，把她往里推，往里移。张艳艳想喊，冯一宽就把嘴巴紧紧地压了上去，张艳艳只能发出小小的“唔，唔”声，在音乐的背景下，谁也听不见。张艳艳被推到黑黑的墙根上，冯一宽一只手把张艳艳顶住，他的两条腿还把张艳艳的两条腿卡死，让它们不得动弹。冯一宽剩下的一只手就在张艳艳的乳房上、肩上、后背使劲地乱摸乱抓。正当冯一宽想把手伸到裙子的下面，想透过裙子伸向张艳艳下身的时候，舞曲结束了，咖啡店的大灯亮起，张艳艳冲了出去。

回到家里，张艳艳收到冯一宽发来的信息："明天上午，来我办公室。"

张艳艳看到冯一宽的手机的信息，她怒不可遏，奋力地把手机扔到了墙角，然后跑到洗手间拼命地洗澡，一边洗，一边哭泣。她恨自己，明明知道冯一宽是个老色鬼，你为什么还要去惹他，为什么还要去约他，你真不要脸，你太堕落了！张艳艳足足洗了 40 分钟，她还在洗手间里洗着，还在哭着，她还是觉得自己全身污秽，怎么洗也洗不干净。

张艳艳的妈妈在客厅里等她很久了，一直没有见女儿从洗手间里出来，觉得很奇怪，担心出意外，就跑到洗手间推开门缝张望，见女儿在洗手间里一边哭，一边洗就硬是把张艳艳给拉了出来，问怎么回事？张艳艳知道妈妈不是一般的女人，自己的一切就是瞒住了她眼睛，也瞒不住她的思想，妈妈能看透她的一切。张艳艳就把浪漫之夜发生的一切原原本本地都对妈妈说了。妈妈听后良久没有吭声，张艳艳吓坏了，她吓得缩成一团，后来她就"扑通"一下跪在妈妈前面，她还不停地说："妈妈，我错了。妈妈，我错了，我给您丢脸了。"

妈妈没有责备张艳艳，妈妈非常的平静，她把女儿拉起，拉到自己身边，用双手抱了抱女儿，然后缓缓地说：“佛经里说‘缘起性空，诸法无常，凡所有相，皆是虚妄。’人呀，来到这个世上，都是被业力、因果牵引着，好与坏的言行，改变不了我们的因果，更改变不了人的本性。你这一夜过后，你还是你；他这一夜过后，他还是他。因此，对于自己，已经做过的事情不要再想了，拿起、放下，就是很好的修行。放下吧，女儿，妈妈相信你，你怎么做总归是万象不离其宗，总归有一颗心在指引着你，在限制着你，也在保佑着你。比如说，你这一夜没有和他发生男女关系，这就是冥冥中有了限制。再比如说，在这一夜最危急关头，咖啡厅的大灯亮起，这就是冥冥中你被保佑了。所以女儿，不要想太多，放下今晚的事。你，永远都是只是你。放心吧，妈妈相信你，妈妈永远相信你的。记住‘凡所有相，皆是虚妄’啊。”说完，妈妈拍了拍张艳艳的肩膀，就回自己房间睡去了。

妈妈的话让张艳艳想了许久，她不停地在沉思着，她脑子乱极了。妈妈说要放下。放下？张艳艳想，这怎么可以放下？这一夜，太让自己羞愧了，放下了，就是原谅了自己呀？原谅自己？这，可以吗？这，真的可以吗？可妈妈是这样说的呀？妈妈就是这样说的呀？张艳艳又进一步去想。忽然间，她的心仿佛被挑了一下，忽然间，她觉得天大了，地大了，她的心情豁然开朗了。后面该怎么做？张艳艳仿佛都有了主意，因为妈妈说："你怎么做总归是万象不离其宗，总归有一颗心在指引着你，在限制着你，也在保佑着你。"张艳艳想通了。

她要去找冯一宽，她要为自己，更要为公司讨回公道。

第二天张艳艳到冯一宽的办公室，她没有像以往那样一大早在办公室外面等人，9 点了她才走到住建委第一股，冯一宽的办公室，看见冯一宽正在那看报纸，张艳艳用手敲了敲门算是和他打了招呼，冯一宽听见敲门声把头抬起来，看见张艳艳，脸上堆起一堆的笑容，说："大美女，我们认真考虑了一下，并且向领导请示过了，你们新增商铺的预售，既然有消防安全批示，是可以办理预售批文手续的，但是要走程序。"

冯一宽的话让张艳艳大吃一惊，她一点也没想到。张艳艳昨夜想好的是要和冯一宽大干一仗，她要准备和他闹个天翻地覆。谁想到这一切都不用了，冯一宽同意了，张艳艳惊讶得嘴巴像个"○"字，半天合不拢。可是还没有想明白的时候，冯一宽那鸭公般的声音又呱呱叫起："不过，你们还要提交资料，我们要开听证会、听证会同意后再报规委会，还要公示，所有这些程序走完之后，才可以办理预售证手续。”

张艳艳暗暗地记下冯一宽说的每一步：提交资料——听证会——规委会——公示——办预售证手续。她心里盘算着，一共五个步骤，不管怎么抓紧每一步都要一周时间，而且公示要多久还不知道，这么一来很可能就两个月了，公司的贷款不可能等两个月的，想到这里张艳艳急了，她问冯一宽：“一定要走完这些步骤吗？少一步都不行？”

冯一宽看了张艳艳一眼，然后摊开手，肯定地说：“你们是改规划，改规划就是这样，没办法。”

“那我这些资料够吗？”张艳艳一一摊开手头上的文件给冯一宽看，那里有她们公司的申请报告、设计公司修改图纸、消防安全批示，冯一宽也一一帮她清点文件，然后说：“还差最早的图纸，就是修改前的图纸，这样我们才有比较，知道你们改在哪里？另外还要审图公司对增加商铺的书面意见书，把这两样补齐了，我们就可以安排听证会了，然后安排公示，完了，再安排后面的事情。”

听了冯一宽的话，张艳艳走了，她要回去向刘莉汇报，如今的情况不是她所能够处理的范围。

张艳艳走了，看到张艳艳的离开，冯一宽的脸上露出一丝难于察觉的阴险微笑：“张艳艳，本来你们公司新商铺现在就可以办预售证的了，谁让你们公司刘莉得罪了我，她那高高在上的样子，我就看了不舒服，我也要让刘莉不舒服，让刘莉和你的公司见识我的厉害！走程序？放屁！你等着吧，这里的每一步都是我说了算，我说行就行，我说不行就不行，你们没那么容易。再加上你昨夜跑了，扫了我的兴，我就给你办啦？哪有这么便宜的事情？”其实一年前冯一宽就认识张艳艳了，张艳艳的美貌让他诧异，特别是张艳艳身上那朝气蓬勃、洒脱率真、知性现代混在一起的现代都市美女的气质更让他着迷，吴晶读书太少了，太顺从了，没味。所以当张艳艳约他喝咖啡的时候冯一宽心里一阵狂喜，那一刻他想到很多，想到了他另外还有一栋更加豪华的别墅，他要把张艳艳安置在那里，他想到了和张艳艳做爱的情景，想到了他和张艳艳的未来，他甚至想到为了张艳艳离婚都可以，她太优秀了，和她在一起他的婚姻更加浪漫，更令人骄傲，也更令人付出。可气的是这小妮子昨夜就在他陶醉的时候，一脚把他踢开，给了他当头一棒，但是他不死心，他希望和她有更多的接触，希望一点点地进步，所以昨天张艳艳回家后就接到他的短信，他要创造和她交往的机会，让他一步步朝着水到渠成的方向一点点移动，一点点移动，想到这里，冯一宽又心花怒放了起来。

张艳艳回到公司，把冯一宽所说的步骤都一一对刘莉说了，张艳艳说完还一直在道歉，在责备自己："刘总，我无能，我办事不力，我辜负您这些年的培养。可事情到这一步您看怎么办？怎么办嘛？"

听了张艳艳的汇报，刘莉的脑子就像个大型计算机，刹那间各种关于办理新增商铺的数据、信息，不停地碰撞、分析，还有刘莉与冯一宽交往多年的感觉、和这次刘莉自己办理新增商铺预售的种种经历全都汇集到她的脑海里。刘莉沉思了一会，然后断然一挥手，她对张艳艳说："事情到这一步，不怪你。那冯一宽就是个混蛋！他所说的步骤根本无法完成，那就是完完全全坪县版的《第二十二条军规》，你看过美国作家写的这本小说吗？"

张艳艳豁然明白刘莉的意思，她马上清晰地回答："看过。我读大学时候看的。《第二十二条军规》是美国作家约瑟夫·海勒写的小说，它讲述了二战时期美国一个空军中队的故事，小说对战争和美国官僚权力制度进行了强烈的讽刺。根据第二十二条军规，只有疯子才能获准免于飞行，但必须由本人提出申请，但你一旦提出申请，恰好证明了你是一个正常人，你还得飞行。第二十二条军规还规定，飞行员飞满 25 架次就能回国，但它又说，你必须绝对服从命令，要不就不能回国。因此上级可以不断给飞行员增加飞行次数，而你不得违抗。如此反复，永无休止。”

刘莉太激动了，她义愤填膺地说：“冯一宽就是给我们制造二十二条军规的混蛋，在他的淫威下，我们永远也不可能拿到新增商铺的预售批文。你今天符合他提出的所有办理新增商铺条件，他明天又派生出新的条件来限制你、卡住你，永无终日。”

“那我们怎么办？”张艳艳急透了。

“我去找姜县长！”刘莉断然地回答。

“那咱们的贷款等得及吗？”张艳艳又问。

“等不及了，借高利贷！”刘莉依然回答断然。

八

姜县长，原名叫姜大强，他是坪县本地人，42 岁，本科学的是园林，是国内最后一届毕业有工作分配的大学生，大学毕业后就分配回坪县林业局。他从小科员、办公室主任、局长一步步走过来的，几年前他作为广西后备培养干部，先在广西壮族自治区党校学习一年，后来又被送到新加坡国立大学进修半年，两年前回到坪县任县长，主管全县工作。

姜县长，大高个，浓眉大眼，黝黑壮实，是坪县机关篮球队的中锋，有一手 3 分投篮的绝活，他抢到球后专往球场的两边边线跑，跑到 3 分投篮的位置，双脚一蹬，跃起，投出，命中，整个过程利落敏捷，瞬间秒杀全场，赢得一片喝彩。姜县长他真不像官员，从来不要司机，不管去南宁自治区开会，还是到乡镇小村调查解惑，他都是自己开着那辆旧的吉普车，风驰电掣，四处乱跑。他更不像个读书人，没有半点的文气。不管见到谁，他总是朝你先伸出他那只又黑又大的手，热哈哈地对你说："来，我们先摸一摸。"他就这样和你握手、认识、说话，让你一个哪怕是坪县最穷的下岗女工，穿得最破旧的山里老农，也顿时在他这个一县之长面前，消除了敬畏、惊悚，让你此时就像和一个老邻居在相处，让人回到了平日自己的谈天氛围，让人感到了平等和温暖。

当然，姜县长无疑有自己一套治县方略。

姜县长在上任来到坪县的头两个月不吭声，在个个场合的大小会议都是听的多，说的少，很少发表自己的意见，他就是不停地到坪县的各个乡镇去蹲点，他的蹲点也与别人不同，他常常在村子里小客栈租间房子住两三天，然后分别找有钱的、没钱的、老人、男人女人、年轻人、孩子拉家常，这样一来他基本把村里的情况摸透了，又到另外一个村子，村子走完了就巡访县城街道，他就这样一点一点调查，一点一点记录，一点一点分析，最后总结归纳，两个月以后拿出了题为《坪县工业、农业改革试点方案》，方案的内容主要有两点，工业抓球衣，农业抓西山茶。

坪县有个沐嘞镇，专门生产全球所有著名球队球衣，皇马、曼联、巴塞罗那、利物浦、尤文图斯、AC米兰、国际米兰等等红色底、蓝色条、白色纹的各种商标著名球衣，都在这个小镇上的工厂、家庭作坊里堆满一个仓库，又一个仓库。过去坪县的历届领导都认为这些是假冒伪劣产品，由得这些家庭作坊自生自灭。但是姜县长亲自晚上到沐嘞镇路口数镇商会自己的运输车队，他发现晚上 9 点，全镇各家工厂的成衣都统一由商会的车队，10 辆大货车把做好的衣服成品，运到广州的沙河服装批发市场，再从这里发送到全国各地。因为有了这些家庭工厂，沐嘞镇的农民都不用到广东打工，全镇的人年平均收入比其他乡镇高出 450 元。姜县长看到这些生产冒牌球衣的工厂、作坊每天加班，每晚灯火通明，生意红红火火。他了解到几个民办教师看到这些洗脚上田的农民生产球衣如此赚钱，也辞职办球衣加工作坊，一年下来每人也挣了个十五六万元。姜县长在全县大小会上都振振有词地说：“几乎所有的创造都是从模仿开始的，现在欧美说我们冒他们的名牌，他们以前不照样仿冒我们的丝绸、陶瓷？有几个是瓦特、爱迪生？要自己创造牌子？那我们的乡镇企业何年何月才能发展？我们的老百姓何年何月才能脱贫致富？‘白猫黑猫，抓到老鼠就是好猫。’众人蹚水，过了河就是神仙。沐嘞镇运动衣制造模式就是我们坪县的模式，我们要鼓励、帮助沐嘞运动衣工厂做强、做大，还要把他们的模式复制到其他乡镇去，让其他的乡镇每天晚上也有 10 辆大货车拉衣服到广州去卖。至于其他地方要去沐嘞抓假冒伪劣你们想办法应付，我们要先让坪县的百姓富裕，我们有了钱，自然就会有我们的名牌。”于是姜县长发动全县大办球衣工厂、作坊，设法帮投资人解决办厂的土地、资金，两年间生产球衣的工厂从沐嘞镇向全县13个乡镇铺开，使坪县的球衣生产总值从3个亿，一下翻了两番，升到9个亿。

坪县有座名山叫西山，这是国内第七大的佛教圣地，山上古松参天，仙雾缭绕。西山上同存有僧人居住的龙华寺，尼人居住的洗石庵。追溯西山上的佛教庙宇历史上达唐朝，在广西、广东一带人的心中，西山就是一座灵山，一年360天，天天都有无数香客信徒上山供香求佛、祈求保佑。西山洗石庵宽能法师圆寂后留下三颗舍利子，和108颗火化烧不烂的佛珠子，让世人敬肃，更让后人供奉。享誉岭南凌的西山茶，就是佛德厚重的宽能法师亲自培育的。西山茶细如发丝，清汤醇厚，飘香满口，回味无穷，堪比龙井、毛尖。姜县长经过调查后就对主管农业的干部说“坪县是个农业县，除开种植水稻，还要找到一个农业致富的品种，让我们的土地、山岭出银子，出金子。西山茶是山岭致富的好项目。一斤上好的明前西山茶，卖到3000元，价格还每年递增，一亩茶的价值是其他农作物的10倍，而且茶园用的都是山地，不占水田，多好呀。我们坪县山好，水好，雾气好，是种植茶叶的好地方。我们农业就抓西山茶了，让西山茶帮助坪县农民脱贫致富。”为了向农民推广种植西山茶，他从县里拨出专门经费，给种植西山茶的农民免费赠送茶苗，免费培养种茶、炒茶技术。他还与金融单位联系，设立专门贷款品种，帮助茶农解决资金困难。另外，姜县长还通过各种媒体大力宣传介绍西山茶，打响西山茶品牌。经过两年的不懈推广，坪县西山茶的种植面积呈几何式的增长，种植面积从1000亩，一下蹿到5万亩，种茶的农民起了房子，买了车子。如今的坪县每到清明前后采茶时节，采茶的山歌就会在茶岭四处飘出：

西山茶，十里香，
采茶阿妹山过山。
一篓茶叶给阿妈，
一篓茶叶给情郎。
起房娶嫂都要钱，
采茶阿妹不偷闲。
情郎哥哥来相会，
鸳鸯戏水又一对。

坪县姜县长出了名的工作繁忙，而且是飘闪式的繁忙。

刘莉为了见姜县长在县政府大院门口蹲守了好几天，就是不见他的身影。因为去的次数多了，连政府大院门口的保安都同情刘莉了。刘莉知道姜县长是个大忙人，这天刘莉比往时来得更早了，7 点就到了县政府，她一直等到 12 点下班了，还是没有遇到县长。保安实在可怜这个女人，就走了过来说："美女大姐，我知道你找姜县长，来了好几天了，都没有找到。我看你不像坏人，我帮帮你吧，你把号码给我，我看见姜县长回来了，立马给你电话。"

刘莉感动得差点痛哭流涕了，她赶紧把号码给了门口保安，回家吃饭去了。两点钟，还没有到上班时间，刘莉的电话响了，她一看，正是县政府大院门口保安打来的，刘莉马上接听，电话的那头就说了几个字："大姐，快来吧。"刘莉立即冲了过去。

这一次，她真的见到了姜县长了。

"姜县长，我是县泰安房地产公司的总经理刘莉，我知道自己冒昧，没有预约就冲进您的办公室，可我实在没有办法了。"刘莉语速很快，她害怕县长大人没有时间听自己说话，她也很激动，说话的时候眼泪都快掉下来了。

姜县长见状立即从椅子上起身，他走到刘莉身边，还是用他最经典的那一句："不急，来，我们先摸一摸。"说着就朝刘莉伸出那只又黑又大的手。

姜县长的年龄和刘莉相仿，但是刘莉就觉得他是个大哥，他可以在她的事业上还给自己公道。刘莉很由衷、很激动地把手递了过去，就在她的手和姜县长的手握在一起的那一刻，刘莉的内心顿时被融化了，握着刘莉的这一只手，是一只男人的大手，它温暖、宽大、有力，就像一个家，让无家可归的弃儿找到了父母，有衣穿，有饭吃了。姜县长这一握手，仿佛握走了刘莉的委屈，握出了她眼前的许许多多光明。

不单这样，姜县长还说："来到我这里的人，很多都有难处，我想你可能也是有难处，你不急，你慢慢说。"

刘莉说话了，她从头说起，她说到了自己公司的艰难窘况，移动公司看中她公司楼盘的商铺，说到了她在住建委遇到种种困难，说到了她公司为了这笔买卖差点伪造假批文，也说到如今已经有了消防安全批示仍然办不通新增商铺的预售证。刘莉这次在姜县长面前的阐述是她这一辈子的叙述中，最有条理，最有说服力的表述，她语速平和，心平气静，讲述着自己亲历的点点滴滴。姜县长也静静地听着，他在听她的故事，也在听自己管理下县城，来自基层，来自商人办事的种种况遇。

她说完了，他听完了，最后他对她说：“这样吧，你先回去，把资料留下，我了解一下情况，三天之内我一定会给你明确答复。”

果真，第三天的早上泰安房地产公司就接到了一份来自坪县人民政府的批件，里面就有姜县长的亲笔批示，它是在泰安公司申请报告上签注的：

请住建委按照要求近日办理。

姜大强

2015年3月23日

看到这份文件，整个泰安房地产公司都沸腾了，有人敲桌子，有人在大喊大叫，因为大家都知道公司有救了，有了县长的批示，一切都应该迎刃而解了。他们公司可以办新增商铺的预售证了，和移动公司的交易自然就没问题了，公司也就有钱还银行的贷款了，大家也就可以像以前那样安安稳稳地过日子了，所以大家尽情地乐，尽情地狂，大家要用欢乐狂奔的洪水把几个月的压抑，疯狂彻底地冲洗干净。

最应该激动的刘莉却没有疯狂，她只是安安静静地把姜县长的批示用扫描机把它扫描出来，又将这份批示放在彩色激光打印机上彩打出来，然后又用一个小镜框把批示镶好。刘莉把框好的批示放在书架上，她认真地端详，感慨万千：“这一关我们总算挺过去了。”

“这份东西的确应该这样保存，它太有意义了。”张艳艳也不知道什么时候走进了刘莉的办公室，她看见刘莉把姜县长的批示用镜框框好，端放在书架上，她也怀着内心的崇敬，万分的感激看着镜框里的批示。

“你怎么不和他们在外面玩?”刘莉问道。

“我看见你不在，就来找你。”张艳艳说。

刘莉指着镜框里的批示说：“我想和它说一会话，前面的路走得太艰难了。”

“我也要和它说话，我也难。”说着，张艳艳的泪水流了出来。

刘莉点了点头：“我们一起说吧。”

刘莉先对镜框里的批示说，她说得很慢：“如果你再不出现，刘莉我真的熬不住了，我想犯罪了，要做假批文了。谢谢你救了我，让我从罪恶的边缘走了回来。”

张艳艳说了，她哭诉着：“我都差点出卖色相了，我也想犯罪了，如今不用了，我张艳艳也谢谢你。”

刘莉合着双手掌又说：“我给你念一句顾城的诗吧，‘黑夜给了我黑色的眼睛，我却用它来寻找光明’。”

张艳艳也还在对着镜框深情地说：“你超好，就像我的亲人。”

……

她们两个人就是这样对着镜框里的批示，你说一句，我说一句，从哭说到笑，又从笑说到哭，最后她们完全释放了各种情感了，她们就共同相约明天一起去住建委办理新增商铺的预售证，她们要共同见证这一过程，她们要共同享受这一时刻。

九

“这是报告吗？是流水账！”

“还大学生呢，狗屁，就写这种东西？丢人！”

“重写！”

一连串的骂声，一连串的高叫，大清早住建委第一股股长冯一宽骂人的声音响彻了住建委整栋大楼。他骂完了还不解气，又把手中的稿子，用力向头顶背后一扔，一堆的稿纸在他的身后四处飘散，然后一张张洒落在办公室地上，让办公室地上铺成了一片白色。

被骂的年轻人是住建委第一股新来的大学生，他这会一声不吭地蹲在地上，把自己四处散落的稿子，一张张地捡起。这个年轻人是高个子，可是他蹲在那里捡稿子的时候，好像都缩成了一小团。

刘莉、张艳艳清早来到住建委第一股的时候，刚才冯一宽骂人的一幕正好全都遇上。她们俩被完全吓住了，傻傻地站在第一股门口不敢进去。就在她们忐忑犹豫的时候，冯一宽刚好把头侧过来看见了她们，就没好气地招呼她们进来，并问道：“你们有什么事?”

张艳艳刚想说话，就被刘莉用手压住。刘莉先拐个弯想再缓和一下这里的紧张气氛，刘莉说：“我们路过这里，看看我们公司的事情有没有一些新进展。”说着，刘莉眼睛突然瞄到墙上新挂了一幅字画，她马上把话题转向这幅字画，她说：“哎，你们这幅字画很不错呀！”

一说到字画，冯一宽的情绪立即好了许多，他马上接话：“我上周才挂上去的，这是我亲叔叔写的，他的字在坪县是数得着的，我这两年也跟着他学点，但和他不能相比。说着冯一宽竟然拉开抽屉，拿出一张写了字的宣纸，铺开纸给刘莉看。说实话冯一宽的字写得还是不错的，当然和他叔叔相比还有很大差距。但是刘莉也是个对字画有一些知识的人。她先说冯一宽叔叔的字：“冯股，您叔叔的字的确不错，他有颜派功底，丰腴、稳健、艳丽，看到这幅字，我们就想靠近、触摸，这就是这幅字形成的吸人气场，能达到这种效果的字画，就很了不起了。像这种字画水平，一平尺可以卖到2000元。”

听到刘莉这一番话，冯一宽大吃一惊，他马上朝刘莉竖起大拇指，他竟然立即称赞刘莉：“你太神了！我叔的字在市场上就是卖到2000元，你太神了，高人！你快看看我的字，帮评评我的字。”

刘莉笑了，她的笑容里总是含有点点谦和，但是刚才第一股办公室里的那种剑拔弩张的紧张气氛已经一扫而光。刘莉从冯一宽叔叔字画边走了过来，走回到冯一宽的办公桌边，她看着冯一宽的字认真地说：“您的字看得出是练了两三年了，通篇来看字的结构站住了，一笔一捺也有了颜体的风貌，但是……”说到这里刘莉停了一下，冯一宽立刻明白，马上说：“你说真话，我就想听真话。”

刘莉看着冯一宽说：“冯股，那我说了。”

冯一宽：“说。”

刘莉说了：“您的字，撇和捺，功力差些，走得快了。”

冯一宽又朝刘莉竖起了大拇指，说：“和我叔说的一模一样，你厉害，你专家!”这时候冯一宽突然想起了什么，又问：“你今天来不是专门来评字的吧，有什么事?”

刘莉看着冯一宽，真诚地说：“冯股，新增商铺的销售对我们公司非常重要，可以说是生死线，所以我们为这事找到了姜县长，他给我们的报告做了批示，您看看。”说着刘莉就把姜县长的批示递给了冯一宽。

看到姜县长的亲笔批示冯一宽吃了一惊，但是他毕竟是老狐狸了，很快就镇静了下来，他马上给了刘莉回答，而且是滴水不漏，合情合理：“刘总，对姜县长的亲笔批示，我们住建委会很重视的，这事我要向我们主任汇报，再决定如何配合姜县长的指示办理你们的事情。刘总，你看这样好不好，你们先回去，我马上向主任汇报，一有消息就通知你们。”

听到冯一宽这样的回答，刘莉、张艳艳只好离开第一股办公室。

但是当天下午，刘莉就接到冯一宽的电话，要她马上到住建委第一股来。刘莉、张艳艳兴奋极了，认为有了姜县长的亲笔批示就是不同，他冯一宽也奈何不了她们了，这一次一定可以办通新增商铺的预售证了。

她们再一次起来到了坪县住建委，她们是哼着歌来的，她们的心情好极了，看着住建委的那栋高楼，就像看着悉尼歌剧院一样美丽，走进第一股的办公室，就像走进家里一样亲切。

冯一宽看见她们到来，马上用笑脸迎接，热茶招呼，然后就对她们说：“你们走了之后我马上向主任汇报了，主任也立即给姜县长打了电话，姜县长再一次明确指示要给你们办理，并且要按照要求办理。主任交代就要走正常程序，要召开听证会、规划讨论会，然后再公示，走完这些了才可以办理预售证。”

刘莉、张艳艳惊愕、气愤、无奈地离开了冯一宽的办公室。

当夜，冯一宽又和吴晶相聚。

吴晶一边帮冯一宽按摩，一边听冯一宽说："那刘莉以为拿着姜县长的亲笔批示就吓到我了，还不是照样要她经过听证会、规委会、公示这些程序？有了这些程序，我照样可以治她，和她的公司。"

吴晶太服冯一宽了，又问："你怎么说服你们主任要她们走这些程序的？"

冯一宽像个英雄似的站起来，他也不管自己这时候还一丝不挂，他站在床上，用指点江山的气概大声地对吴晶，他的唯一听众说："姜县长的批示说要按照要求办理，文章就在'要求'两个字上，我在给主任汇报的时候特地重音读这两个字。主任就说'按要求'办？就是走程序啦？我马上就说'应该是这么个意思。'于是主任就对我说：'老冯，那你就按照程序处理这件事情吧。'那我就按照程序办啦，按照程序办，那就是听证会、规委会、公示，一样都不能少了，全部走完可以搞半年，特别是规委会，可同意，可不同意，麻烦。"

"没有人比你更聪明的啦，老公，就这样治她们！"说完，吴晶立刻一个拥抱扑向冯一宽。

冯一宽心里却想通过这些程序，他是不是可以和张艳艳更进一步。

有姜县长的亲笔批示，事情还是回到原点。

两天了，刘莉还是把自己关在办公室里谁也不见。张艳艳悄然走了进来，她看着一脸疲惫的刘莉说：“刘总，咱们也不能这么等死呀，咱们再去找姜县长。”

“姜县长已经批示了。”刘莉回答的声音很小，小到几乎只有她自己才听得见。

“他批示了有什么用？我们照样办不了事。”张艳艳倒是激动。

“那是我们无能，我们自己大意，不好好分析批示就盲目高兴。如果我们当初认真分析批示，做好充分准备对待批示里‘要求’这两个字，我们就会提前公关，比如说提前去找住建委的主任等等有关人员说明情况，就不会像今天这么被动。比如说我们要爬一堵墙，墙很高，要请人帮才能爬过去。我们自己肯定搭好梯子，爬上去，骑在墙头，帮你的那个人只是轻轻地推你一把。你难道还要人帮你搭梯子，还要帮你爬过去吗？这事情完全是我们自己的错，我恨死自己了。”刘莉一边说，还一边拼命地捶打自己的脑袋。

张艳艳听刘莉这么一说，也仿佛明白了许多道理，默默无语，深思着。

不久，刘莉给放高利贷的人打电话，向他们筹钱还银行的贷款。

事情过了半个月了，一天泰安房地产公司接到坪县政府的一份通知，县政府邀请部分企业到县政府开会，分析目前坪县金融情况，讨论如何拓宽坪县的融资渠道。会议标明是由县财政局局长主持，姜县长亲自发言。

一看到这份通知，刘莉的眼睛顿时发光，心情也顿时敞亮。

开会了，刘莉早到了20分钟，找了个最前面又紧挨着门口的位置坐了下来。她太突出了，今天她穿了条大红色连衣裙，脖子上还松松垮垮地围了一条白色有褐色小圆点的真丝长围巾。雅致、柔美，她就是这样坐在最突出的位置，又安安静静，别人发言的时候她像个小学生一样认真听讲，别人抢着话筒发言的时候，她一言不发，只是一味低头做笔记。她谦和、内敛又静美。会议开完了，因为她的位置就在门口的边上，姜县长第一个离开，就从她面前走过，她立马站了起来，姜县长自然和她打了个招呼："刘总，你好！"

刘莉："姜县长，您好！"

姜县长又很自然地问道："哎，你们公司上次来找我办的事情，现在进行得怎么样啦？"

"这……"刘莉犹豫了。

姜县长继续问道："怎么还没有办成？"

刘莉知道这是最好的机会了，也更是最后的机会了，她说了："他们说您的批示是'按照要求'办理，他们就要我们开听证会、规委会、公示，走完这些所有程序。"

姜县长听了没有吭声，他沉思了一会然后对刘莉说："刘总，对不起，我疏忽了，批示没有写清楚。但是事情到了这种程度也不好把这些程序都省了。你看这样好不好，你那新增的小商铺面积小，可以不经过规委会讨论决定的，我就帮你把最复杂，最麻烦的'规委会'省了，一会我就给住建委打电话，至于听证会、公示这两个程序你照走，也就是晚20来天，你看好吗?"

刘莉给姜县长深深地鞠了一躬。

因为姜县长再一次交代下去了，三天后，刘莉她公司的新增商铺能否预售的问题，在住建委第一股办公室召开了专门的听证会，省略了规委会，直接进入公示程序。

住建委的公示墙就在吴晶复印社的旁边，吴晶看到了，她给冯一宽打电话："老公，怎么刘莉那小商铺公示了?"

"姜县长亲自交代的，谁敢再顶?"冯一宽咕噜地说着。

"胆小鬼，我来捣乱。"吴晶嗓音高了八度。

冯一宽奇怪了：“你怎么搞？”

“我提意见，现在不是公示吗？我就说新增那小商铺不合适。刘莉不就黄啦？”吴晶还是八度的声音。

冯一宽再也没有耐性了：“傻B，那小商铺在商场里面，它只要消防没有问题，它和其他人没有利益冲突的。你一提意见，就知道你是专门捣乱的。”

“那就给刘莉过了？你服，我不服！”吴晶气得声音爆表了，全是尖叫。

“行了，别傻了，你闹也没用。”说完，他也不等吴晶开口就挂线了。其实冯一宽早就把对策想好了，只不过他不愿对吴晶说出来，他害怕吴晶的大嘴巴把他的计划泄露了出来，把他给卖了。他准备不写那份听证会议总结，开了听证会一定要有会议总结，不然，后面的预售证照样办不了。

20个工作日的公示没有接到任何意见，很顺利地过去了，按道理，到了办理预售证的时候了，但是这一次刘莉没半点的兴奋，前几次的挫折让她在这敏感时刻更为小心，她太害怕了。昨天夜里刘莉就给张艳艳打电话，让张艳艳今早把妈妈带来，她要张艳艳妈妈祷告佛门，请菩萨来保佑她们这次顺利过关。

张艳艳的妈妈来了，真是个有仙骨的女人。

她那脸就像块玉，白得糯糯的，浑然天成，滑极了、细极了；她的眼睛又细又长，顺顺地挂在睫毛下面，有善味、显佛气。她来的时候，一件短装的亚麻中式上衣，一条又宽又大的灰色真丝长裤，走起路来长裤一扑一扇，引来阵阵清风，带着徐徐飘逸。她看见刘莉后慢条斯理地对她说：“刘莉呀，不是我不帮你，是我帮不了你呀。佛讲的是‘缘’，你们事成了，是你们的缘。不成，擦肩而过，也是你们的缘，菩萨保佑不了。我今天来就是想告诉你们这个佛道，多做善事，上善若水，自然就水到渠成。我走了。”说完，她就飘然地离开了。

张艳艳妈妈的到来，离去，都让刘莉惊愕不已。

无奈，刘莉带着满心的忐忑，去到住建委第二股，说她们公司新增商铺的资料已经召开了听证会，并且公示完毕，请求办理预售证。第二股的人倒是挺热情，把刘莉的资料认真看完之后对她说：“你们资料差不多了，就差一份听证会的总结报告，不然没有办法证明开过听证会。”

刘莉忙问：“这个报告问谁要？”

他们告诉她：“第一股冯一宽股长。”

刘莉一听到还要找冯一宽，心就凉了半截。可必须要找他呀，刘莉只好硬着头皮又来到冯一宽的办公室。

冯一宽这次见到刘莉比任何一次都热情，他一看见刘莉踏入办公室就快步跑了过去迎接，又马上取自己私藏的明前西山茶给刘莉泡茶，他把茶端到刘莉面前，讨好地："刘总，您每天都漂亮，今天更漂亮，怎么您今天又来我们这里有何贵干？"说完他还把一只右手伸出，规规矩矩地行了一个西式大礼。

冯一宽用您来称呼刘莉，让刘莉感觉得很不舒服，又见他还行了个大礼，更加肉麻。但刘莉又不敢得罪冯一宽，她只好用更加客气的礼节来回应他。刘莉朝冯一宽深深地鞠躬，然后又弯腰 90 度，毕恭毕敬地对冯一宽说："冯股长，我来贵地想……"

还没有等刘莉说完，在场的每一个人都被冯一宽、刘莉两人的夸张言行引得爆笑如雷。冯一宽、刘莉也跟着哈哈大笑起来。

笑完了，大家都恢复了自然，冯一宽就问刘莉："怎么样，你来干啥？"

刘莉说："我们申请的预售证公示完了，可以办预售证，现在就差一份听证会的总结报告，我刚才去了第二股了，他们告诉我，要找您，因为听证会在您这开的，就得问您要这份报告。"

冯一宽马上像川剧变脸一样，立即从红色变成黑色，他的表情也立即从欢乐、轻松、自然，瞬间变成了虚假、做作、狡计，他看着刘莉停了一会，然后假假地笑着说："那天开听证会过后，我让大家把意见发到我的邮箱里，他们发过来了，都不同意，所以我不能出这份听证会总结。我出了，刘总，那是害你呀，那肯定办不了预售证了，所以我一直没有出这份报告。刘总，你看这样好不好，我就不出这份报告了，你去找第二股，让他们直接给你们办预售证，好吗？"

刘莉看着冯一宽皮笑肉不笑的样子，知道再和他纠缠下去没有一点意义，只是她面对着眼前这个虚伪的男人，再也忍不住了，她指着他的鼻子狠狠地说："你牛，你等着我回来！"然后刘莉就甩了甩头发扬长而去。

看着刘莉离开，冯一宽哈哈大笑。

张艳艳看见怒气冲冲的刘莉回到公司，就赶紧跟着她走进刘莉的办公室，张艳艳问她怎么回事？刘莉就把刚才在第一股的经过原原本本地说了出来，张艳艳认真听后问："我们现在就差一份听证会的总结报告了吗？"

刘莉肯定地回答："就差一份听证会的总结报告了。"

"交给我办吧，我觉得我能办成这件事。"说完她也不等刘莉回答，就离开了。

张艳艳从刘莉的办公室出来，回到自己的位置，马上拿着手机给冯一宽发了条短信："今晚我请你吃饭，地点：德缘山庄。"

冯一宽立即给她回复："好，不见不散。"

德缘山庄建在西山脚下的一片松林里，它是中国古典宫廷式建筑，红墙绿瓦，大拱背，大飞檐，在深山的松林里像一只展翅飞翔的凤凰，五彩缤纷，绚丽多姿。德缘山庄有店堂餐位，和松林外面的餐位，外面的餐位空气好，人坐在松林里充满诗情画意，餐位最紧张。冯一宽来得早，在松林僻静的地方选了张小台子，张艳艳来了，她姗姗来迟，足足让冯一宽等了40分钟。张艳艳今天的装束怪异，她穿了套男人的小开领西服，深灰色。当然，张艳艳是穿什么都好看的女人，今天的着装更让她英姿飒爽，威风凛凛。

冯一宽看见张艳艳不敢责备她来迟，反而一个劲地夸奖："好看，你今天太漂亮了，有个性。"

但是，张艳艳却给了冯一宽个下马威，她说："我今天不是把自己当女人来的，是把自己当男人来的。"

"啊？"冯一宽没听明白。

"我今天是男人。"张艳艳没好气地又说了一句。

冯一宽笑了，他讨好地说："我知道你不喜欢我，可我就是喜欢你。不管你是男人，女人我都喜欢你。"

"真不要脸！"张艳艳骂了一句。

"是不要脸。"冯一宽还是笑着说。

"赶快帮我们写好听证会报告。"张艳艳不耐烦了，想尽快结束这顿晚餐，就赶紧说出来意。

“有你这样求人的吗?”冯一宽半点也不生气，他还笑着说。

“我就这样啦，不行吗?”张艳艳的声音更加强硬。

“行，行，只要是你，怎么都行。”冯一宽今天实在太好脾气了。

“那你什么时候给我?”张艳艳进一步逼他。

“三天吧，你给我三天时间。”冯一宽沉思了一下说。

“好，就三天！今天22日，我26日上午就去你办公室拿，你到时别不给我，耍赖皮!”张艳艳自己倒像耍赖皮了。

“行，祖宗，我给你，给你，你快吃饭，肚子饿了吧。”冯一宽不但没有生气，还在哄她。

“不吃了，我走了。”张艳艳自己约着冯一宽，说要请人家吃饭，这会饭还没吃，竟然说要走人。

“人是铁，饭是钢，不吃饭怎么行呢？这顿饭我请，你多少吃一点吧。”冯一宽还在求张艳艳。

张艳艳的确饿了，加上想想也不能太过分，就拿起碗筷哗啦哗啦地吃了起来。张艳艳很快吃完了，冯一宽却刚吃几口，她也不等他，自己就起来拿着车钥匙要走人，临走的时候还不忘记大声交代一句：“记住了，26

日上午我去你办公室拿报告。”

冯一宽满嘴塞满了饭菜，他说不出话，就朝张艳艳挥挥手，还点点头。

张艳艳走了，就剩下冯一宽自己独自在吃饭。他好像也吃得满高兴的，他还兴致勃勃地要了一杯啤酒，一边吃，一边喝，可能冯一宽只要能见到张艳艳他就高兴，不管她是骂他，还是夸他，冯一宽都把它看成是一次幸福的约会，比如这会在他脑子里就应该全是张艳艳美好、温柔的影子。

十

“滴咚”，刘莉的微信响了，跳出的是张艳艳的来信：

刘总，冯一宽被我制服了，他答应三天后，即本月26日给我们听证会报告。（囧囧微信笑脸图）

夜里，刘莉还在看着张艳艳发过来的微信不吭声，她知道冯一宽早就对张艳艳心存鬼胎，但是她反对张艳艳利用这一点谋取利益，刚才她一看到微信后立即给张艳艳打电话，确信她已经回到家里，并且确信她只是和冯一宽在德缘山庄吃了餐饭，刘莉放心了。但是她不相信冯一宽，他是个要手段的男人，不可信！刘莉在考虑怎样制服冯一宽？让他必须给自己拿出那份听证会报告？她想过找住建委主任，但是不行，刘莉好不容易拿到了主任的电话，也打通了，但是主任说他现在外地出差，半个月后才回到坪县。刘莉想来想去没有办法，最后她只好想到了吴晶，她想请吴晶吃饭，一来她们是好朋友，好久没聚了，也该聚聚，说说女人的八卦，排遣一些内心的积怨。二来吴晶和冯一宽是同学，看看能否通过协调一下，对听证会报告的事情有帮助。想到这里，刘莉立即拨通了吴晶的电话。

电话那头吴晶特有的招呼声响起："哟，总算想起鄙人了，鄙人还以为被你打入冷宫了呢？怎么找我？想去逛街？"

"吃饭，还鄙人？鄙你个头。我们好久没聚了，明晚有空吗？"刘莉马上约她。

"有。对了，北江驴肉馆还在开，我们吃驴肉？"吴晶爽快地答应了。

"好，就吃驴肉。"刘莉应承道。

坪县有三条江，三条江成横向丫字形，从柳州下来的黔江，到了坪县岔开两条江，一条南江，又叫郁江，郁江流向南宁、越南；一条北江，又叫浔江，浔江流向梧州、广州，从珠江口出大海。北江驴肉馆，就开在坪县北江岸边，是家大排档，老板娘又矮又胖，是坪县本地人，她开的北江驴肉馆10年了，年年火爆，驴肉馆只从9月到来年的4月营业，每年就营业7个月。老板娘的一家人吃喝拉撒都靠这家驴肉馆，原来很穷的一家人，现在起了一栋占地200平方米，6层楼，有电梯的，独门独栋带花园的大别墅，还有两辆豪车。也是奇怪，坪县其他人，也学着经营驴肉馆，都开不下去。坪县没有驴，老板娘每天让跑广东的大巴帮她运驴过来，大巴下面行李仓，有一格专门封闭、透气的仓位，大巴司机把活驴塞进去，一直从广东拉驴到坪县，驴到了坪县还是活的。

刘莉和吴晶几乎同时到北江驴肉馆，她们在靠江边地方找了个小包厢坐下。她们是熟客，老板娘一看见是她们，赶紧走进包厢给她们点菜："哎呀，好久没见你们了，想死我了。你们今天还是驴肉饭、驴肉胶、驴肚，老三样？"

吴晶笑着说："还是老三样。"

老板娘："说你们太久没来吧，我有了新鲜东西，驴肉火烧。是我花大价钱从河北保定请来的师傅做的。卤驴肉做馅，外面用面夹着，放到平底锅上烙，外焦里嫩，太好吃了，现在每天都不够卖。"

刘莉一听说有驴肉火烧，眼睛发亮，马上叫起来："就要驴肉火烧，那东西是地上有，天上没的人间美味。有一年我去保定出差吃过，那个味，那个香，那个酥，一辈子都忘不了。老板娘，你太会做生意了，连驴肉火烧都从保定引进坪县，难怪你发大财！"

吴晶被刘莉说得早就忍不住了，也大叫起来："快，快上，驴肉火烧，听你们说得那么好吃，再不上，我流口水了。”

驴肉火烧、火锅、驴肉胶、驴肚、还有一锅驴肉饭、青菜，全上齐了，摆满了一桌子，两人兴致勃勃地边吃，边聊了起来。

“你最近忙什么呀，那么久了没见你找我？”吴晶一边咬着驴肉火烧，一边问刘莉。

“还不是忙我们那间新增商铺的事，烦死了。”刘莉回答道。

“那事？上次喝茶的时候就听你说了，好几个月了，还没忙完？”吴晶明知故问，她天天和冯一宽通几次电话，怎么会不知道事情的进展？

“难呀，遇到麻烦了。”刘莉无奈地说。

“什么麻烦？”吴晶又问。

“事情卡在你同学冯一宽那了。”刘莉说。

“他卡你？”吴晶故作惊奇。

“吴晶，你帮我说说吧，你和他是同学。”刘莉在求吴晶。

“你这事情这么久了，为什么不早说？”吴晶问道。

“我们已经办好消防批示、姜县长批示、开了听证会、公示，这些都需要时间。”刘莉解释。

“有了这些，冯一宽还卡你？他吃了豹子胆了？”

吴晶故意睁大了眼睛，提高了声音。

“开始我也是这么想，可他现在说听证会的时候，参加人都不同意新增那间小商铺，他就没办法写听证会报告，要出，只能出不同意的报告，那还不如不写。没有听证会报告，就是没有开听证会，我就办不成。”刘莉还在给吴晶认真解释。

“哦，是这样。这么说来冯一宽还在帮你，如果他给你一份不同意的报告，更完蛋了。”吴晶看着刘莉说了上面的话。

刘莉自嘲地笑了笑，又摇了摇头。

“这样吧，咱们是好朋友，不管能不能帮上忙，我都要帮你去说一说。或者问问他有没有变通的方法可以走得通呢?”吴晶一边看着刘莉，一边说。

刘莉感激万分：“有你这么一句话，就是帮不上忙，我也舒服很多。来吧，我们都喝不了酒，就以茶代酒，碰一杯!”说完两人就碰起杯来。

吃得高兴，说得高兴，不知不觉过了一个多小时。刘莉想去洗手间，就起身离开座位，走出包厢。刘莉快到洗手间时发现自己忘记带手包了，又折回去拿，她刚要推开包厢门突然听到包厢里吴晶和一个男人说话，而且那男人的声音像是冯一宽！这把刘莉吓了一跳，她就从门缝往里张望，果真是冯一宽和吴晶在里面。

吴晶一边把冯一宽往外推，一边说：“你怎么跑到这来，快走吧，她很快就回来了，会看见你的。”

“你们后面进来时，我就跟在你们后面，包厢就在过去两间。刚才我看见她出去才进来的。她找你干吗？你千万不要答应她帮忙找我协调她的事。我是冒险进来提醒你的，不给她办，尽量拖，老婆。”冯一宽说完还在吴晶的背上轻轻地拍了两下。

“知道了，老公。我怎么会给她帮忙？我骗她，看着她上当受骗的样子，我就高兴。放心吧，老公，我是什么人，我怎么会帮她？我还巴不得她公司早点破产倒闭。”吴晶的脸恶狠狠的。

“你也真够毒的。”冯一宽笑着说。

“行了，你也别说我了，快走吧。”说着，吴晶就把冯一宽给推出去。

刘莉看状，马上缩进旁边一幅大窗帘里面，眼前这一幕幕红与黑的表演，善与恶的混搭，真真切切把刘莉的心劈成两半，她愣住了，怒火万丈，义愤填膺！刘莉看到冯一宽走了，却继续躲在窗帘背后没有出来。她如今顿时跌入万丈深渊，痛苦万分，两分钟前还是两肋插刀的朋友，两分钟后又是背后捅刀子的敌人，她要冷静头脑，理清思路。刘莉用双手捂住被捅得千疮百孔、鲜血淋淋的内心，努力用意志支撑着已经崩溃的情感，她一步步从窗帘的背后走了出来，先对服务员小声说了一句，然后回到包厢，重新坐在吴晶的对面，她微笑地对着吴晶说："今天忘了给你孩子点驴脑了，我刚才给你补了一份，让你一会打包。"

吴晶立刻叫了起来："是噢，把孩子给忘了，谢谢你呀。"说完吴晶给了刘莉一个灿烂的笑容。

刘莉眼中的吴晶却是一个张开血盆大嘴的恶魔。

没隔多久两人就买了单，走出了北江驴肉馆。临分手的时候吴晶还对刘莉说："放心了，你的事，就是我的事。明天一早我就去找冯一宽，看看有没有变通的法子，让咱们的事顺利办成。"

刘莉马上应承着："那是，谁叫咱们是多年的老朋友呢。"

吴晶也重复刘莉的话："那是，谁叫咱们是多年的老朋友呢。"

见过无耻的，没见过这么无耻的！听到吴晶重复自己的话，刘莉真想一巴掌甩出去，狠狠地打在吴晶的脸上。刘莉把手伸到了半中央，还是忍住了，她把手在中央一拐，就"啪挞"一声，狠狠地落在了自己身边的一根柱子上。刘莉就这样在吴晶没有任何察觉的情况下，和她一起走出北江驴肉馆，然后又各自开车离开了。

但是，分手之后，刘莉立即到浪漫之夜咖啡店，她用重金买下了冯一宽和张艳艳一起喝咖啡那晚的录像，接着她又找私家侦探24小时跟踪吴晶所有行踪，很快一张张吴晶和冯一宽进出别墅幽会的照片飞到了刘莉的手上。看着这些照片里冯一宽、吴晶的身影，刘莉陷入了沉思，如果她明天拿着这些照片和浪漫之夜咖啡店的录像去找冯一宽，他一定会给她办理新增商铺的预售批文的。但那不是她刘莉的办事风格。那是为了自己的利益，抓住别人的短处去要挟对方，这也是龌龊的，这和冯一宽、吴晶一类人没有太多区别，刘莉不愿这样做。她该怎么办呢？刘莉不想要挟冯一宽，又要冯一宽给她办理批文？她还是去找姜县长吧。

刘莉和姜县长的几次接触，她已经有了姜县长的电话了，于是她给姜县长发了一条信息：

姜县长，您好！我是泰安房地产公司的刘莉，为了我公司增加铺位的事情已经多次麻烦您了，为此您做了多次批示，我再找您实在不好意思。可现在事情几乎回到原点，住建委还是找种种理由不给予办理。可我们没有办法等了，这事情从去年11月到现在，足足5个月了，真是百感交集，五味俱全。本来现在房地产公司的业务很差，加上银行又要提早结清贷款，我们很困难。如今好不容易有这单业务，可以维持公司运转，可又遇上多次反复，我们也无话可说。如果这笔生意年前成交，我们就不用借高息，如今为此已付高息40多万元。当然，此成交我司也缴税100多万。姜县长，介于以上情况，加上新增商铺又符合消防、设计等规范，我恳求您再关注我们的事情，万分感谢！万分感谢！

一秒钟过后，姜县长给刘莉回复信息："把资料拿来，我重新签字，立即办理！"

刘莉把姜县长的三次批示都整理出来：

第一次，3月23日，姜县长批示要按要求办理。

第二次，4月15日，姜县长批示省略新增商铺上规委会。

第三次，今天，5月4日，批示立即办理。

刘莉带着这三份批示，再次来到冯一宽的办公室。冯一宽看着又来的刘莉愣了一下，但很快就热情招呼她："大美女，我能帮你什么?"说完他还亲自起身给刘莉倒茶。

刘莉迎着这副虚伪面孔，单刀直入："姜县长又给我们批示了，你看三次批示，这次是'立即办理'，你还有什么说法?"刘莉第一次对冯一宽用的称呼全是"你"，她这次豁出去了，完完全全是一个拿着冲锋枪的斗士！

"哎哟，大美女哟，我从来就是个没有说法的男人，只不过开听证会的时候大家都不同意，我是为了帮你们，没有出不同意的听证会报告，可你们没有听证会报告，就是‘立即办理’的批示，我也不好办理呀?”冯一宽说完，摊开两只手，脸上一副万般委屈的表情。

“冯股长，事情不要做绝了，我们这事从开始到现在足足5个月了，你的一言一行我全都有记录，你可以不给我们办，这是你当现管的权力，我呢也有对外公布的权力，三天之内如果你还是以没有听证会报告的理由不给我公司新增商铺办理预售证，那么第四天我立即在南宁召开记者会，把我们这件事情全部公开，我要让全广西的百姓都来评理，谁对？谁错！谁滥用职权？谁欺压百姓！另外，你现在也看看我给姜县长的短信，看看他给我的回信，你一个字，一个字地看，你看清楚了，冯股长!”

说完，刘莉激动万分地把自己的手机甩到了冯一宽的面前。

冯一宽完完全全被刘莉的气势惊呆了，他傻傻地看着刘莉，又傻傻地拿起刘莉的手机，他一个字，一个字地阅读刘莉给姜县长的短信；又一个字，一个字地阅读姜县长给刘莉的短信，然后他颤抖地说：“我三天之内给你答复，不，不，我明天就给您答复。”这次冯一宽对刘莉称起了“您”了，这可是刘莉认识冯一宽几年里第一次听到的称呼。

刘莉走了，她愤然而去。她说完这一番激动的言语自己也无法预料事情的发展态势，只是她实在忍无可忍了，豁出去了，准备就是砸锅卖铁也要和冯一宽血战到底，一个回合，接着一个回合，直到自己倾家荡产！

15分钟以后，刘莉的手机响了，那是冯一宽打来的，电话的那一头是一个陌生的，又是熟悉的，胆怯的声音："刘总，我们商量过了，明天上午马上给您公司办理，您让您的手下人过来办就好了，我亲自办，您放心了。"

听了这个电话，刘莉半天没吭声，隔了好一会，她咬牙切齿地骂了一句："王八蛋！"可她心里还是在想：得饶人处且饶人吧，那些冯一坤和吴晶一起进出别墅的照片，浪漫之夜咖啡店的录像，只要他三天之内给我办理，我也不提了，这种人让天来惩罚他吧。

第二天一早刘莉就让张艳艳去办理批文，很快，只用了一天的时间，张艳艳就把新增商铺的预售批文拿回来了，冯一宽没有半点迟疑，更没有半点的下流。

吴晶不知道从谁那知道这事了，就打电话给冯一宽，她在电话里质问，语气里还醋意十足："为什么给刘莉办预售证，不是要看她破产吗？你忍不住啦？你是不是看上她啦？"

冯一宽电话里回骂吴晶更不客气："八婆，再不办，我的位置都保不住了。知道吗？八婆！"

坪县泰安房地产公司自然是沉浸在一片欢乐的海洋中。整个公司张灯结彩，黄色、红色、绿色的彩带把公司的大厅、办公室装饰得热闹非凡，还有一串串的红灯笼更是把公司处处装扮得喜气洋洋。这几个月，大家压抑太久了，如今一切的艰难过去了，公司的所有员工都乐翻了天，他们嚎叫得疯狂起来，几乎要把公司的屋顶都掀了个底朝天。

莫远道一家人也来了，他们要来办理小商铺的过户手续。莫远道看到这么热烈的气氛，也忍不住赞叹起来：“厉害！你们老板太厉害！我开始见这么久了没有动静，以为你们办不成了，没想到今天你们让我们来办过户了。厉害，你们老板太厉害，服了！”他一边说，还一边竖起了大拇指。

奇怪的是刘莉，如今拿到了真正的预售批文了，她竟然没有半点的激动，张艳艳万分不解地问她：“刘总，你怎么了？大家都在跳呀，闹呀，你怎么这么平静？这可是我们的大喜日子呀！”

刘莉看了一眼张艳艳，然后她像对张艳艳说话，也像自言自语：“还好，坚持下来了……”

刘莉当然知道，女人从商的第一天起，就进入了一个尘埃混沌的空间里过日子，如何让自己心中那朵花儿还静静地开放？出污泥而不染？这是商女们撕心裂肺的痛，她要忍耐，要在折磨中前行。毁灭太容易，提纯太艰难。心中的那朵花呀，还好，今天还有一注清水养着，它还活着呢，静静地开放着……